不惑

新・剣客太平記㈤

岡本さとる

時代小説文庫

JN170906

角川春樹事務所

目次

主な登場人物紹介

峡竜蔵《はざまりゅうぞう》◆直心影流の道場師範を全うしながらも、若き頃からの暴れ者の気性が残る熱き剣客。

綾《あや》◆竜蔵の亡き兄弟子の娘。現在は竜蔵の妻。数え五つの息子・鹿之助《しかのすけ》を持つ。

竹中庄太夫《たけなかしょうだゆう》◆筆と算盤《そろばん》を得意とする竜蔵の一番弟子であり、峡道場の執政を務める。

神森新吾《かみもりしんご》◆竜蔵の二番弟子。峡道場の師範代を務める。

網結の半次《あみすきのはんじ》◆竜蔵の三番弟子で、目明かしならではの勘を持ち合わせている。

猫田犬之助《ねこたけんのすけ》◆竜蔵が信頼を置く友。大目付・佐原信濃守の側用人を務める。

雪《ゆき》◆羽州・若月家姫君。かつて竜蔵と亡父・虎蔵《とらぞう》に助けられた。

若月左衛門尉《わかつきさえもんのじょう》◆若月家当主。雪の夫。慈愛に満ちた妻思いの主君。

園井槌右衛門《そのいつちえもん》◆若月家用人。家中に剣術指導を行っている。

久保田又四郎《くぼたまたしろう》◆若月家奥用人。かつての騒動で雪を守り、虎蔵に助けられた。

湯川仁左衛門《ゆかわにざえもん》◆若月家書庫奉行。

不惑

新・剣客太平記（五）

本書は、ハルキ文庫（時代小説文庫）の書き下ろしです。

第一話　齢四十

一

文化《ぶんか》八年（一八一一）の春を迎え、峡竜蔵《はざまりゅうぞう》はついに四十歳となった。

「もうおれも初老だとさ。そんな歳《とし》になった覚えはねえんだが……」

つくづくと感慨に浸《ひた》りながらも、

「だがおれは老けこまねえよ」

竜蔵はそう宣言して、年始は三田二丁目の道場に門人、剣友を集めて酒宴を開いたり、仕合を催したりして派手に過ごした。

母、志津《しづ》が暮らす本所出村町《でむらちょう》でも、去年亡くなった祖父・中原大樹《なかはらたいじゅ》の衣鉢《いはつ》を継ぎ、国学の私塾を開いた左右田平三郎《そうだへいざぶろう》が、同じくここで算学を教え寄宿していた竹中緑《たけなかみどり》と、新年早々祝言《しゅうげん》をあげた。

緑は言わずと知れた峡道場の板頭《いたがしら》にて執政である、竹中庄太夫《しょうだゆう》の娘であるから、竜蔵数え歳四十の記念すべき年に、大いに華を添えることとなったのだ。

「さて、直心影流《じきしんかげ》峡派として、今年は何を目指すとするかねえ……」

正月も落ち着きを見せ始めたある日の夕べ。

竜蔵は、芝田町二丁目にある行きつけの居酒屋〝ごんた〟で一杯やりながら庄太夫とあれこれ語り合った。

門人の数をもう少し増やしてみようか。

竜蔵の息《そく》・鹿之助《しかのすけ》も五歳になったことであるし、刻限を定めて子供だけを集めて稽《けい》古《こ》をするのも悪くはない。

その指南は、内弟子で庄太夫の養子である竹中雷太《らいた》と、先頃から裏の長屋《ながや》に居を構えた旗本の次男坊・内田《うちだ》幸之助《こうのすけ》に任せればよいのではなかろうか。

といっても、門人同士が強い絆《きずな》によって結ばれているからこそ、荒稽古に堪えて尚《なお》、和気藹々《わきあいあい》としている……、それが峡道場の心地よさだといえる。

徒《いたずら》に門人を増やさず、少数精鋭を目指すべきかもしれない。

また、師範の峡竜蔵のこれからも気になるところである。

四十になったのであるから、大師範の貫禄《かんろく》も身に付けねばなるまいが、さのみ大きくもない道場でふんぞり返っていても仕方がない。

「おれ自身が、まだまだ大先生方に学んで強くならねえとな」

竜蔵は心からそう思う。

「それはそれとしまして、箔《はく》を付けていただくためには、出稽古の数を増やされた方がよろしいかと」

庄太夫はそれも気になる。

今、峡竜蔵が日を定めて剣術指南に出向いているところは、もう十年以上通っている大目付・佐原信濃守《さはらしなののかみ》の屋敷だけである。他はその都度誰《だれ》かの声がかりで出向く、大名、旗本屋敷と直心影流の道場となっている。

佐原邸のように、毎月二度なら二度と決めての出稽古がいくつもあると、

「ちょいと窮屈でいけねえし、方々で浮気をしているようでどうも落ち着かねえ……」

竜蔵はそんな風に思っているのだが、

「それでも、あと二つくらいは大事ないかと。先生が多忙の折は、師範代を送ることもできましょう」

庄太夫はこのように勧める。

師範代の神森新吾《かみもりしんご》の腕も、今ではどこへ出しても安心出来るだけのものになってい

た。彼を上手《うま》く遣えば、その辺りはどうにでもなろうというのだ。

出稽古が増えれば、それだけ名も轟《とどろ》くし、方便《たつき》も楽になる。

「う〜む。考えねえといけねえことは山のようにあるか……。四十になったからって、まだまだ洟垂《はなた》れってわけだ」

竜蔵は苦笑いを禁じえないが、一人の弟子もいなかった道場に庄太夫が訪ねてきて、この十四歳上の一番弟子の知恵を頼りに、暗中模索を続けた頃を思えば隔世《かくせい》の感がある。

悩みは圧倒的に嬉《うれ》しい悲鳴によるものに変わっていた。

「まず庄さんの言う通り、出稽古のことは考えてみよう。といっても、こいつは相手があっての話だが」

とどのつまりは、軍師である庄太夫の言を聞き入れて、竜蔵は好物の湯豆腐と炒《い》り卵で五合ばかり酒を楽しんだ後、店を出た。

ほろ酔いに新春の風は心地よかった。

「庄さん、送っていこう」

「いえ、すぐそこですから……」

「もう少しばかり一緒にいたいのさ」

「嬉しいことを仰《おつしや》います……」

庄太夫は涙ぐんだ。

四十になり、押しも押されもせぬ剣客となった峡竜蔵であるが、初めて会った頃の茶目っけと、自分を信じて労《いたわ》ってくれるやさしさは少しも変わっていない。

「庄さん、また涙の栓《せん》が緩んできたね」

そして、二人だけの時は喋《しやべ》る口調もくだけた昔のままである。

「はい、栓の取り換えはできぬようで」

右の指で涙を拭《ぬぐ》いながら、庄太夫は竜蔵に付添われて帰路につく。

竹中庄太夫の浪宅は、未《いま》だに〝ごんた〟近くの芝横新町《しばよこしんちよう》の裏店《うらだな》にある。

だが、ほんの数歩踏み出したところで、竜蔵の足が止まった。

庄太夫は振り返って、

「どうかなさいましたか……」

「いや、今にも始まりそうだと思ってな」

竜蔵は、傍《そば》の稲荷社《いなりしや》の方を見ながら言った。

社の前で、十人ばかりの若い男達が、二手に別れて睨《にら》み合っている。

威勢の好《い》い職人同士が、出合い頭にどちらが道を譲るかで、意地の張り合いをしているようだ。

両者共、二十に充《み》たぬ見習いの趣《おもむき》で、それだからこそ互いに張り合っているのだろう。

「ほんに、始まりそうでございますな」

庄太夫は緊張が解けて頰笑《ほほえ》んだ。

若造の喧嘩《けんか》など放《ほう》っておけばよいものを、四十になっても見かけると構わずにはいられない竜蔵がおかしかった。

「おう、塗《ぬ》り壁《かべ》野郎、ここを通りかかったのはおれ達が先だ。道を空けやがれ」

「何だと。屋根屋ごときがえらそうにぬかしやがるぜ」

ついに両者から喧嘩口上がとび出した。

左官職と屋根葺《ふ》き職の対決らしい。

「ははは、こいつはおもしれえや」

竜蔵は〝ごんた〟の軒行灯《のきあんどん》の明かりに若者達の恰好《かっこう》をつけた表情を認めると、愉快に笑った。

そして、ずかずかと彼らに近寄って、

「おう、待った待った。仲裁は時の氏神だ。この喧嘩、おれに預けてくんな……」

宥《なだ》めるように言ったものだ。

今にもぶつかり合いそうな、左官、屋根葺きの若い衆は、俄《にわか》に現れたいかにも強そうな武士に目を丸くした。

竜蔵は嬉しそうな顔をして、

「お前は左官の太十《たじゅう》の倅《せがれ》だな。それからお前は屋根葺きの政五郎《まさごろう》の倅と見たぜ」

両者の頭分らしき二人に声をかけた。

「へい、左様でございますが」

「旦那《だんな》はもしや……」

「三田の峡竜蔵だ」

にっこりとして応《こた》えると、太十の倅と政五郎の倅は目を丸くして、

「は、峡の旦那……」

「お、親父《おやじ》から何度も伺っております……」

瘧《おこり》が落ちたようになって、あたふたとした。

「ははは、やはりそうかい。ようく似てやがる。そう言やあ随分前に、お前らの親父同士の喧嘩の仲裁をしたことがあったぜ」

竜蔵は両手で二人の肩を叩《たた》いて懐かしんだ。

倅同士は頷《うなず》き合って、

「そんなら旦那、どうぞ朝まであっしらと」

「お付き合いくださいまし」

と、畏《かしこ》まってみせた。その昔、喧嘩の仲裁で糊口《ここう》をしのいでいた頃、町の男達の間では、峡竜蔵に仲裁をされると、互いにすべてを水に流し、とことん飲んで兄弟分の契《ちぎ》りを交わす——。そんな決まり事がいつしか出来ていた。

二人共に、父親からそれを聞いていたのであろう。

「馬鹿野郎！　お前らみてえな若造と朝まで付き合ってられるか。早く帰れ！」

竜蔵は笑いながら叱《しか》りつけ、連中を追い払った。

「へい、そんなら旦那……」

「おおきに、おやかましゅうございました」

左官と屋根葺きの若い衆は、名残《なごり》惜しそうに、夜道を小走りで帰っていった。

「ふん、恰好をつけやがって……」

連中を見送る竜蔵の目はどこまでもやさしかった。

「おう！　帰ったら親父の背中でもさすってやるんだぞ！」

大声で諭《さと》される若者達の背中も浮かれていた。

「庄さん、やはりいい歳になっちまったな」

「まったくです。昔仲裁した連中の息子がいっぱし喧嘩を始めるようになりましたとは……」

竜蔵と庄太夫は笑い合いながら、再び歩き出した。

しかし、すぐにまた竜蔵は立ち止まって、再び稲荷社の方へと振り返った。

「また喧嘩でも起こりそうなので……？」

庄太夫もこれに倣《なら》ったが、辺りには誰もいない。

「いや、さっきから誰かにじろじろと見られているような気がしてならねえんだ」

「何と……」

庄太夫はたちまち四肢に緊張を走らせた。

竜蔵は社に向かって、

「おう！　誰かいるのかい。おれに用があるなら、遠慮なく言ってくんな！」

と、大きな声で呼びかけた。

すると、その野太い声に驚いたか、稲荷社の向こうの暗闇《くらやみ》から、人が走り去る気配が漂ってきた。

やはり何者かがこちらを窺《うかが》っていたようだ。

「今のはいったい……？」

庄太夫は怪訝《けげん》な目を向けたが、

「わからねえ。ひょっとして惚《ほ》れた同士が逢《あ》い引《び》きでもしていたのかもしれぬ」

「戯言《ざれごと》を申されますな」

「ははは、そんなはずはないか。そういえばこのところ、外出《そとで》の折に誰かに見られているような……どうもそんな気がしていたんだ」

「新年早々怪《け》しからぬことでございます」

「打ち捨てておけばいいさ。用があればまた現れるだろう」

「これはまたのん気なことを……」

「いや、近頃は何者かに付け狙《ねら》われる、なんて目に遭ってねえから、こいつは少しばかり楽しみだ。剣客というものは、危ない思いをしているうちが華ってものよ」

竜蔵は、稲荷社の方へはもう目もくれず、ニヤリと笑った。

「それは四十になったとて変わりませぬか」

庄太夫は、楽しみを見つけた子供のような笑顔を見せている竜蔵に呆《あき》れ顔で言った。

「まだまだ変わってたまるものかよ。どうせ今の気配から察するに、大した相手でもなかろう。そのうちかわいがってやるとしよう」

竜蔵は庄太夫を促《うなが》して歩き出した。

庄太夫は浪宅へと帰り、その夜は何事もなく過ぎた。

峡竜蔵はというと、次の日、庄太夫が道場に出ても、

「庄さん、昨夜はおもしろかったな」

またニヤリと笑って、楽しそうにしていた。

それでいて、その日から庄太夫が道場を出る段になると、

「親父殿を家まで送っておあげ」

雷太に命じて毎日家まで送らせた。

あの夜の怪しげな者共の気配が、自分に向けられていたものなら、一人歩きにも張りが出るというものだが、もしや竹中庄太夫に向けられていたなら心配の種になる
――という配慮なのであろう。

今や雷太の剣の腕も相当なものなので、

「あれくれえの殺気が相手なら、庄さん一人守るなどわけもなかろう」

竜蔵はそう考えているのである。

真に峡竜蔵らしい豪胆《ごうたん》とやさしさなのだが、庄太夫とて笑ってばかりもいられない。

確かに剣客なる者は、好むと好まざるに拘《かかわ》らず、人の恨みを買うことがあるし、争

いは避けて通れぬ道であろう。

しかし、庄太夫は竜蔵の人となりを長い間見てきているゆえ、恨みを買うとすれば、それは断じて〝逆恨み〟であると確信している。そして逆恨みを抱く者は常軌《じょうき》を逸《いっ》していることがほとんどで、どんな手を打ってくるかわからない。

そんな輩《やから》は、こちらから容赦《ようしゃ》なく叩き伏せてやるしかないのだ。

――まず相手の正体を確かめねばなるまい。

そっと庄太夫も動いた。

こんな時は誰よりも頼りになる男が、峡道場にはいる。

竜蔵の三番弟子にして御用聞きの、網結《あみすき》の半次《はんじ》である。

半次も今では五十を過ぎた。剣術の稽古に来る回数もめっきりと減って、三田二丁目の道場には、乾《こ》分《ぶん》・国分《こくぶ》の猿三《えんぞう》の方がもっぱら通っているわけだが、

「奴《やつ》もまだまだ、世の中のことをわかっちゃあおりませんよ」

とばかりに、盟友である庄太夫とは何かというとつるんでいる。

「そいつは穏やかじゃあ、ありやせんね……」

道場に御用の途中立ち寄った半次は、庄太夫に耳打ちされてすぐに乾分達を集め号令をかけた。

さすがは百戦練磨の腕利きである。竜蔵の外出を見計らって、怪しげな人影が張り付いてはおらぬか注視したところ、すぐに尾行者の影を摑《つか》んだのである。

それは、竜蔵が庄太夫と〝ごんた〟で飲んだ日の五日後。佐原信濃守の屋敷への出稽古に赴いた日のことであった。

しかし、そうした半次の動きを竜蔵はしっかりと読んでいた。

出稽古の翌日。半次は庄太夫と共に竜蔵の呼び出しを受け、

「親分、気を遣ってくれたようだな。で、おれをつけていた野郎の素姓はわかったのかい」

と、問われたのである。

二

「まったく先生には敵《かな》いません……」

半次は頭を搔《か》いた。

稽古が終わり、人影のない道場の拵《こしら》え場《ば》で、竜蔵は庄太夫と共に、半次の報告を受けた。

「出過ぎたことをいたしました……」

庄太夫は恐縮したが、

「いや、あれからようく考えてみると、何者かにつけられるというのも張りがあっておもしろそうだなどと、四十になって言っている場合ではなかった。刻々と死は近づいているんだ。何事も早いとこ片を付けていかぬとな。それゆえ庄さん、親分、すぐに動いてくれてありがたかったよ」

竜蔵もまた頭を掻いたのである。

「では、申し上げます……」

座がすっかり和んだところで、半次が口を開いた。

昨日は峡竜蔵の出稽古の日であった。

道場を出て赤坂清水谷《しみずだに》の佐原邸へ行くには、それなりの道のりがある。

まず尾行者はこの機会を狙うであろう。

それは竜蔵にもわかっていた。ゆえにその日は供連れなしに出かけた。

竜蔵一人となれば、相手も少し調子に乗るであろう。ゆったりと威風堂々たる足取りで歩きつつ、竜蔵は気を張り巡らせていたのだ。

半次は、竜蔵ともなればそれくらいの心得を持ち合わせていようから、細心の注意を払って乾分達に当らせた。

そっと見守るつもりが、竜蔵に曲者《くせもの》と間違えられてはややこしくなるからだ。

今や、御用聞きの中でも一番の腕利きと言われている国分の猿三がこの指揮を執り、半次は物売りに身を変えて、終着の佐原邸の周囲に身を置いた。

「先生が三田を出られてから後、何者かが付け狙っているような気配はまるでありませんでした」

半次は猿三から入ってきた報《しら》せを伝えた。

「ああ、確かに何の殺気も覚えなかった」

竜蔵は相槌《あいづち》を打った。

「だが、御屋敷の門を潜《くぐ》る時、誰かが刺すような目を向けているような気がした」

「さすがは先生、建ち並ぶ御屋敷の塀の角に、何人かの編笠《あみがさ》を被《かぶ》ったお武家が立っていて、佐原様の御屋敷を窺っておりやした」

武士達は辻々《つじつじ》に立っていて、そこから竜蔵が屋敷内に入っていく様子を見届けた後、散り散りにその場から立ち去った。

「稽古が終って門の外に出た時は、まるで人に見られている気配はしなかったから、おれが御屋敷に入ったのを見届けて引き上げたのだな」

「そのようで……」

そして、そこからは、半次達も編笠の武士の跡を手分けしてつけた。

武士達は、逆につけられているとは夢にも思っていない様子で、溜池《ためいけ》前の桐畑《きりばたけ》の通りに出ると、そこで合流を始めた。

「フッ、何とも間抜けな話だな」

竜蔵は失笑した。

庄太夫と〝ごんた〟で飲んだ帰りも、竜蔵に声をかけられ、闇の中をあたふたと逃げていった。それを思うと、こういったことに慣れていない奴らであるのがわかる。

そんな連中の跡をつけるのは、網結の半次の身内ならわけもなかった。

半次に続いて猿三が、そして近頃では二人が手先に使っている若い連中も、正式な弟子ではないが、峡道場で武芸を習っている。

その辺の武士よりもよほど頼りになるのである。

武士達は、頭目らしき一人に連れられ東へと歩く。やがて一行は大川端《ばた》へと出て、両国橋を渡り、竪川《たてかわ》沿いから四ツ目通りの大名屋敷へと歩みを進めた。

その際、頭目と思しき一人の面体だけを確かめておこうと、半次は猿三と連れ立って歩き、一行とすれ違いざまに癪《しゃく》を装い、その場に崩れ落ちた。

「小父《おじ》さん、しっかりしておくんなせえ……！」

猿三はこれを介抱する。

その際、二人共武士達の前であると恐縮して、畏まってみせたので、

「いかがいたした……」

頭目らしき武士が声をかけた。

「これはご無礼いたしました。持病の癪が出たようにございます。すぐに収まりますので、どうぞこのままに……」

猿三が恭《うやうや》しく応えた。

「左様か、気をつけるがよい」

武士達はそのまま大名屋敷へと入っていったが、半次と猿三はしっかりと笠の下の顔を見た。

歳は四十前。細面の顔は鼻筋が通り、少し顎《あご》がしゃくれているが、なかなかに整っていた。

「そう悪そうな男でもなかったようだな」

竜蔵が訊《たず》ねた。

「へい。あっしのことを気遣ってくれましたよ」

「まとまって大名屋敷へ入っていったのも、隠しごとがなくていい」

「まったくで」

「で、そこは誰の屋敷だったんだい」

「羽州《うしゅう》の若月《わかつき》様の下屋敷でございました」

「羽州の若月家……」

「屋敷へ入っていった連中が、ご家中の者かどうかは、今調べておりやす」

「そうかい、そいつはありがたい。気をつけてくんな。若月家がどんな大名かは、おれが調べるからいいや」

「畏まりました」

半次は頭を下げた。

傍で話を聞いていた庄太夫は小首を傾《かし》げて、

「羽州の若月様の御家中が何ゆえ先生を付け回しているのでしょう。何か心当りは……?」

「いや、覚えはない……」

竜蔵は腕組みをして熟考してみた。

すると、あることを思い出した。

「おお、そういえば、あれはいつのことであったか……。おれが藤川《ふじかわ》先生の内弟子になって、まだ間もない頃《ころ》だから、もう三十年近くも前になろうか……」

「それはまた随分と前の話でございますな」

「まだほんの子供の頃だったからな。このことはみな忘れてしまえ。人に話してもいけねえぞ……。親父にそう言われたが、まあ庄さんと親分にならば構わねえだろう」

竜蔵の言葉に、庄太夫と半次は身を乗り出して聞き耳を立てた。

「おれの親父は峡虎蔵《とらぞう》といって、〝相当な〟暴れ者だったんだが、御家《おいえ》騒動で命を狙われた姫君を助けたことがあったんだ」

「それが、若月様のお姫様で……」

半次が低い声で訊《き》いた。眉《まゆ》をひそめる仕草には、老練の御用聞きの貫禄が溢《あふ》れていた。

「ああ、その頃は美しい姫君だ。今はどんな小母《おば》さんになっているかしらねえが」

笑いを含んだその言葉で、庄太夫と半次の緊張がほぐれた。

「悪い家老がいて、そ奴が手前の養女《むすめ》をお殿様の側室にあげて、側室は男子を生んだ。御家としては、姫に婿《むこ》養子を迎えて、御世継にするつもりだったのが、それで段取りが狂ったってわけだ……」

若月家の当主は国表《くにおもて》にいて、病床にあった。

正妻は既に病没していたが、現徳川将軍・家斉《いえなり》の伯母にあたる人であったから、若月家の先行きを思うと、その血を引く姫に婿養子を取り、跡を継がせるのが賢明であった。

しかし、家老としてみれば、自分の孫に当る幼君を御世継にしたかった。

家老は邪《よこしま》な野望を胸に抱き、姫君を暗殺しようとしたが、快活にして聡明な姫は屋敷を抜け出し危機を逃れた。

「まあ、よくあるような、ないような話だ。おれはこれくらいのことしか聞かされていねえし、覚えてもいねえ。だが、親父があれこれ動いて、無事片がついたんだ。ふっふっ、その時はおれもまだ十一くれえだったが、見事に手柄を立てたんだぜ」

峡虎蔵は、町娘の形《なり》をした姫君と出会い、これを不審に思い神田相生町《あいおいちょう》の裏長屋〝嘉兵衛店《かへえだな》〟に匿《かくま》った。

その折、虎蔵はまだ子供の竜蔵に、白刃が仕込まれた火吹き竹を持たせ、町の子供の中に紛《まぎ》れさせ、姫君を守らせた。

ある時、物売り姿に身を変えた刺客が長屋に入り込み、隙《すき》を見て町娘姿の姫君を隠し持った短刀で殺そうとした。

それを目敏《めざと》く見つけた竜蔵が、仕込みの刃《やいば》で、短刀を持つ刺客の小手を斬《き》った。

刺客は思わぬ町の小童《こわっぱ》の刀法に不覚を取り、短刀を取り落した。

近くにいた虎蔵がそれに気付き加勢したので、刺客は逃げ去った。

手柄を立てた竜蔵は得意であった。何よりも初めて真剣で戦い、敵に一刀を浴びせた興奮が彼を陶酔《とうすい》させたのだ。

「あの時はどんな様子だったか、ほとんど何も覚えちゃあいねえんだが、小手を斬った手応えだけは今も残っているよ」

結局、虎蔵の活躍で、姫は江戸屋敷に戻り、若月家の騒動は内済で終った。

考えてみれば、峡虎蔵は多大な功を挙げたわけだが、その後すぐに旅に出てしまったし、若月家との交誼《こうぎ》があったとも思えない。

剣俠《けんきょう》の精神を発揮して姫を守った後は、

「御家の騒ぎなど、きれいに忘れてしまうのが互いのため……」

と、きっぱり関係を断ったのであろう。

「それが峡虎蔵という男だったのさ」

竜蔵は、少し顔をしかめて言った。

皮肉屋で遊び好き、喧嘩好き、破天荒ながら人情に厚く、町の者達からは慕《した》われた父親であった。

しかし、竜蔵が十八の折に客死してしまった虎蔵は、今思い出してもなかなか理解しがたい男である。それゆえ未だにただ素直に懐かしむことが出来ぬのだ。

「お話を伺う限りにおいては、若月家との因縁浅からぬように思われますが……」

竜蔵の思い出を伝え聞いて、庄太夫は思い入れをした。

「まったくで、そんなことがあったなんて……」

半次も神妙に頷いた。

「まあそりゃあ、今思えば、親父もとんでもねえ騒動に巻き込まれたってもんだが、親父はとっくの昔に死んじまっているし、それから三十年近くも経《た》っているんだ。おれもほとんどあの時のことは覚えちゃあいねえし、今さら何だっていうんだ」

竜蔵にはまったく何も思い当ることがなかった。

「その恨みが今になって、何かに形を変えて表れたのかもしれませぬぞ」

恐らく姫君を守るために、虎蔵は当時、悪党共を何人か斬ったと思われる。

庄太夫はしかつめらしく言った。

「勘弁してもらいたいもんだぜ……」

竜蔵は首を竦《すく》めた。

あの時の若月家の反逆者達は、ことごとく粛清《しゆくせい》されたはずだし、竜蔵は十一歳の子供であったのだ。

それでも、竜蔵をそっとつけていた連中が若月家の下屋敷に入っていったのは事実である。

しかも、〝ごんた〟で庄太夫と飲んだ日に続いて、竜蔵が出稽古に向かった先にも張り付いていたとすれば穏やかではない。

相手は竜蔵に相当、執着を抱いていることになろう。

「面倒なことになってきやがったぜ……」

竜蔵は、大きな溜息《ためいき》をついた。

三

いざとなれば、まとわりつく武士達を捕えて、

「おれに何の用があるというのだ」

と、脅しつけ吐かせてやればよい。

とはいっても、その前に敵を知ることが大事だ――。

竜蔵は、半次に武士達の頭目らしき男の素姓を洗わせると共に、佐原信濃守の屋敷へ、竹中雷太と内田幸之助を遣いにやった。

信濃守の側用人を務める友・猫田犬之助《ねこたけんのすけ》への文を託したのだ。

信濃守は公儀大目付。その職責は大名・高家《こうけ》の監察ゆえに、まず現在の若月家の事情がいかなるものか、犬之助ならば詳しく教えてくれるであろうと、問い合わせてみたのである。

また、今の自分がどういうわけか若月家中らしき者に付きまとわれていると報せておいた。この先、若月家と一悶着《もんちやく》起こすようなことになっても、佐原家が上手く動いてくれるであろうと考えたからだ。

大事な文ゆえに、雷太、幸之助という俊英二人にこれを託し、自らは平常のごとく外出をして、付け回す連中の影を確かめたが、佐原邸への出稽古の後は、ぷっつりとその気配がなくなった。

拍子抜けがしたものの、連中がおらぬを幸いに、竜蔵は本所出村町へと出かけ、母・志津を訪ねた。

まだ夜が明けきらぬうちから道場を出て、つけられぬよう細心の注意を払ってのことであった。

母が何かの折に騒動に巻き込まれぬようにとの配慮であるが、念のために学問所と隣接している剣友・桑野益五郎《くわのますごろう》の道場にも立ち寄り、怪しげな者がうろついていないか気をつけてやってもらえぬかと頼んでおいた。

そもそも桑野道場が、故・中原大樹の学問所の敷地内に出来たのは、竜蔵が今は亡き祖父と志津の安全を願って、桑野と諮《はか》ったものだ。

その頃は、竜蔵も方々から命を狙われる身で、その必要に迫られていたのだが、今はすっかりと太平の日々が続いていただけに、

「竜蔵殿、また何かしでかしたのかのう」

桑野は案じたが、

「いやいや、近頃この辺りに食い詰め浪人が徒党を組んでよからぬことをしていると小耳に挟みましてな」

と、その場はごまかしておいた。

そして母を訪ねて、

「そういえば、わたしがまだ子供の頃に、親父殿が若月家の姫君をお救いしたことがございましたな」

ふと思い出したのだと持ちかけた。

志津もすっかりと忘れていたようで、

「ほほほ、ありました、ありました……。貴方《あなた》も覚えておりましたか」

懐かしそうに応えた。

「もっとも、貴方のお父上からは、きれいに忘れてくれと言われましたが」

「やはり左様で」

「厄介ごとを持ち込んでおいて、忘れてくれもないものです。まったく峡虎蔵というお人は……」

夫婦別れをしたものの、志津が虎蔵の話をすると若やいで、話口調も浮かれてくる。

――たまには親父殿の話をしてさしあげるべきなのだな。

老いが目立つようになってきた母には、何よりなのだと竜蔵は改めて思った。

「あの折は、久保田《くぼた》殿という家中のお侍を連れてきて、匿《かくま》ってやってくれと、父上とわたしに頼んだのです……」

もう今となっては、竜蔵にならば何を喋ってもよかろうと、志津は昔話を始めた。

竜蔵の十一歳の折の思い出と違って、志津は克明《こくめい》に覚えていた。

虎蔵と関《かかわ》った一件なので、尚さらなのかもしれなかった。

思い出はしまってばかりいるものではない。時として人に語ると、それは新たな輝きとなって目の前に蘇《よみが》える。

志津はそんな物の考え方をする人であった。

久保田又四郎《またしろう》は、その頃若月家で奥用人手代を務めていた。彼は盟友の影山大吾《かげやまだいご》と共に、江戸家老・向井嘉門《むかいかもん》の専横を快く思っていなかった。

この向井嘉門が竜蔵の記憶に残る悪い家老である。そしてその養女が、当主・若月但馬守《たじまのかみ》の側室・お茂《しげ》の方で、但馬守との間に幼君・鶴千代《つるちよ》を儲《もう》けていた。

向井は、そういう立場を利用して、江戸屋敷の内を取り仕切り、用人・大森五兵衛《おおもりごへえ》を操《あやつ》り、鶴千代擁立を画策していたのである。

そして、但馬守の息女・雪姫《ゆき》を亡き者にしようとするが、雪姫は屋敷から姿を消した。

これらの悪巧みを察し、国表に報せようと密《ひそ》かに江戸を出ようとした影山大吾は向井、大森の手の者に殺された。

何とか雪姫の居処《いどころ》を突き止めお守りせんとして、久保田又四郎は役儀と称し町を歩き廻《まわ》ったが、やっと雪姫を見つけたところを、向井一派の刺客に襲われた。

間一髪のところで、雪姫と又四郎を助けたのが峡虎蔵であった。

虎蔵は少し前に雪姫と出会い、武家言葉しか喋られない町娘を心の病にかかっているのだと気の毒に思い、〝嘉兵衛店〟で、長屋の住人達の情を借りて面倒を見てやっていた。それが、又四郎と刺客の登場によって、この娘が、若月家の姫君であると知る。

若月家の奥向きに奉公《ほうこう》に上がっていたお美代《みよ》という娘は、虎蔵が懇意にしていた酒問屋の隠居の孫で、雪姫の毒味をして死んでいた。

それが虎蔵の侠気《きょうき》をますます駆り立て、こうなれば若月家の悪党達と、とことん戦ってやると彼に誓わせた。

しかし、雪姫を長屋で匿うのはいいが、さして剣も遣えず、何かにつけて頼り無い又四郎を傍に置いておけばかえって目立つ。

又四郎はもはや江戸屋敷には帰られぬ身となっていた。そこで虎蔵は、又四郎を中原大樹の学問の弟子の中に潜り込ませ、匿ってやってくれないかと、志津の前に連れてきたのである。

その折は、護衛のためにと、虎蔵は藤川道場での弟弟子・和田新太郎《わだしんたろう》を、下男として住み込ませる配慮をみせたものの、

「こんなことを打ち明けて、頼みに想《おも》えるのはお前だけだ……。あの人ときたら、調子の好いことを言って、危ないことにわたしと父上を巻き込んだのですよ」

と、志津は回顧《かいこ》する。

「その辺りのことはすっかりと忘れてしまいましたが、出村町でもそんな騒動があっ

たのですね」

「そうですよ。危ないとわかっていても、峡虎蔵に頼み事をされると、つい引き受けてしまう。そこがなんとも悔しいではありませんか」

「そう考えると、親父殿は大したものですね」

「何が大したものですか。女、年寄りだけではありません。まだ子供だった貴方まで引っ張り出して……、いい加減にしろと思いましたよ」

この一件については、いかに虎蔵に惚れている志津とて未だ真剣に怒っているようだ。

竜蔵が長屋で刺客の小手を斬ったことを、虎蔵は誉《ほ》めてくれたが、その手柄については軽々しく口にするなと言った。

それでも竜蔵は、これを誰かに言いたくて堪《たま》らなくなり、藤川道場に戻ってから、志津が訪ねて来てくれた折に、

「お袋さま、わたしは初めて人を斬りました」

と、自慢げに言ってしまったのだ。

「まあ、何ということを子供にさせるのです」

あの時の志津の怒りようは、今も目に焼き付いている。

それゆえ竜蔵は、この話になると、ただ頰笑んで聞くしかない。

剣の師・藤川弥司郎右衛門《やじろうえもん》には内緒で、和田新太郎と身内の者だけで雪姫を守ろうとしていた虎蔵であったが、志津の怒りにまかせた密告によって、騒動は弥司郎右衛門の知るところとなった。

このような大事を自分に打ち明けぬ虎蔵に怒りつつ、弥司郎右衛門は虎蔵の助っ人として、高弟の森原太兵衛《もりはらたへえ》を遣わした。

太兵衛は竜蔵にとって、師以上に稽古をつけてくれた上に、何かと構ってくれた恩人であり、妻・綾《あや》の亡父である。

それを思うと、若月家の騒動は、峡家、中原家、森原家を巻き込むもので、今改めて詳しく聞くと、非常に興味深いものであった。

「その久保田又四郎という御仁は、どうなったのでしょう。確か長屋に参られて、わたしと共に姫をお守りしたような……」

「そうです。御姫様《おひいさま》が町にお隠れになっていると知れた上は、久保田殿も長屋へ呼び寄せた方がよいだろうということになったのです」

雪姫は、長屋の衆の人情に触れ逃げてばかりいてはならない、若月の家中にも正義の士はいるはずだと、密かに長屋を抜け出し、大胆にも若月家上屋敷へと向かった。

久保田又四郎はこれに付き従ったが、途中雪姫を攫《さら》われ、奮戦したものの満身創痍《まんしんそうい》となったところを再び虎蔵に助けられ一命をとりとめた。

その後、虎蔵は、森原太兵衛、和田新太郎を従え、下屋敷に軟禁された雪姫を救出し、悪を討った。

そして、雪姫と又四郎を無事上屋敷へと送り届けたのだ。

向井の支配から解かれた若月家中の者達は、雪姫にひれ伏し、ここに江戸屋敷内で起こった若月家の騒動は収まった。

「久保田殿は、さぞ御出世なされたのでしょうね」

「後に、奥用人とお成りになられたとか」

「母上と爺《じ》ィ様にはその後……」

「お礼の品を持って御挨拶《あいさつ》に参られましたが、もう互いに忘れてしまいましょうと申し上げて、それきり会ってはおりません」

「なるほど、御家にとってはひた隠しにせねばならぬことですからな。父上が長屋の衆共々、そのように仕向けたのでしょうね」

「いえ、あの人が仕向けずとも、あの人が身内だと思っている人は皆、同じ考えを持っていたのですよ」

「人情に厚い人ばかりであったわけですね」

「はい。あの折は御礼の品をいただきました。それで十分です。今思えば、貴方は何かもらいましたか」

「はい、父上から備前長船《びぜんおさふね》の脇差《わきざし》を」

「ああ、そうでしたか。あれは、あの人が大事にされていたものでした」

「お前のような洟垂れにやるのは惜しいがくれてやる。だが、今度のことはきれいさっぱり忘れてしまえ。男の約束だ。そのように申されたと覚えています」

「ほほほ、ほんに憎まれ口ばかり、どこから出てくるのでしょう」

母と息子はほのぼのとして笑い合った。

峡虎蔵は志津にとっては惚れ抜いた相手であるが、思えば迷惑な男であった。

だが、それを笑って話せるのは、虎蔵に勝るとも劣《おと》らぬ、竜蔵という息子がいる安心からであろう。

「しかし竜蔵殿。お父上から忘れろと言われた三十年ほども前の話を、何ゆえ俄に思い出したのです?」

ひとしきり笑うと、志津は探るような目を向けてきた。

その目の奥に輝く鋭い光は、賢女の洞察がまだまだ健在であると告げている。

だが、思い出話を聞いてみると、今また自分が、若月家の者達に付け回されているとは言えなかった。

「いえ、先だって刀の手入れをしている時に、あの備前長船を見て、これは何の折に親父殿からもらったのであったかと思われまして……」

その場はそう言い繕《つくろ》って、

「いずれにせよ、今お聞かせいただいたお話も、また忘れてしまった方がよさそうでございますな」

母子ゆえの思い出話であったと確かめると、出村町を辞したのである。

帰りは北辻橋《きたつじばし》の袂《たもと》の船宿で猪牙《ちょき》を仕立てた。

川風に頭を冷やしながら考えてみたが、ますますわからない。

若月家に対して、父・虎蔵がしてのけたことは、いくら感謝しても足りぬくらいのことである。

志津が匿った久保田又四郎も、今では偉くなっているのだ。付け狙われる覚えはまったくない。

とすれば、あの時粛清された向井、大森の縁ある者が近頃また息を吹き返し、復讐《ふくしゅう》を企てているのか。

――だが、見当もつかぬ一件を、明らかにするほどおもしろいことはない。

竜蔵は武者震いをした。

何かと迷惑なお騒がせ男であった父・虎蔵は、息子の体の中に落ち着きのない血をしっかりと残してくれた。

志津が語った虎蔵の武勇伝は、今まさにその血をたぎらせていたのである。

四

翌日。

猫田犬之助が道場を訪ねてきた。

早速、若月家の現状について調べてくれたようだ。

「真《まこと》に忝《かたじけな》い……」

竜蔵は自ら出迎えて頭を下げた。

「いやいや、このところ満足に稽古ができていなかったので、峡先生の稽古場で汗を流して参りとうございます、殿にそのように願い出たのだ」

犬之助は楽しそうに言った。

大目付である佐原信濃守に、竜蔵が若月家の者に付きまとわれているなどと言えば角が立つ。

今はまだ何も伝えずに、若月家の内情だけを調べ、稽古にかこつけて報せに来たのだという。

こういうところの配慮は、相変わらず行き届いている。文を遣わさず自分の口から伝えるのが何よりだと、猫田犬之助は心得ているのだ。

「それならば、存分に稽古をしていってもらおう。無論、おれが付き合う」

竜蔵は稽古相手を務めると約し、まず犬之助は稽古着に着替えて、見所に居並んだ。

「立合う前に、弟子達の稽古を見てやってくれぬか。なかなかに上達したであろう」

稽古場では、師範代・神森新吾の号令の下、門人達の稽古が始まっていた。

「うむ、いつもながら勇ましいな。峡道場の面々は……」

犬之助は目を細めつつ、

「ひと通りのところは調べてみた」

竜蔵と共に稽古場を目で追いながら、若月家についてわかったことを話し始めた。

母屋の自室で話せばよいのだが、ことがことだけに、妻の綾が耳にして竜蔵の身に危機が迫っているのではないかと心配してもいけない。

雄々《おお》しい掛け声、竹刀の打ち合う音、床を踏み鳴らす音がとび交う見所で話す方がかえってよいのだ。

さして長い付き合いでもない二人だが、既にこのような密談の仕方は、阿吽《あうん》の呼吸になっている。

「おれも、出村町で昔話を仕入れてきた。猫さんゆえに話すが、後で忘れてもらいたい」

「ほう、それは楽しみだ」

竜蔵は、父・虎蔵が二十九年前に、若月家の悪家老相手に暴れ回ったという一件を、犬之助に語った。若月家の現状を知るにあたって、過去を踏まえた方がさらにはっきりすると思ったからだ。

たちまち犬之助の顔が上気した。

「なるほど、それは痛快だ……」

話が、一旦雪姫を奪われ、またそれを奪い返しに敵地へと乗り込んだ件になると、

「お見事！」

と、叫んでいた。

稽古場の神森新吾は、自分が今しも内田幸之助相手に決めた技を誉められたと思い、にこりと笑って犬之助に一礼した。

これには犬之助も決まりが悪く、

「いや、お見事！」

と、改めて新吾を称《たた》えてから、

「竜さんの親父様は大したお人であったのだな。その後、一切の関わりを断ったのも、お見事だ……」

と、声を潜めて感じ入った。

「いやいや、老人、女、子供を巻き込む迷惑この上ない親父だよ」

竜蔵は照れ笑いを浮かべたが、

「何の、猫田の家に生まれた息子に、犬之助と名付ける猫の親父よりよほどいい」

犬之助は真顔で言った。

「それで、その時の雪姫は今……」

「その後婿養子を取られた。それが若月家の御当主・左衛門尉《さえもんのじょう》様だ」

若月左衛門尉は、雪姫の母の出である、徳川御三卿一橋《ごさんきょうひとつばし》家の血を引く。

雪姫は夫との間に、一男一女を儲け、若月家の未来を盤石《ばんじゃく》なものにしているようだ。

夫を支え、家中には絶対的な力を有し、その心を摑んでいる。

「久保田又四郎という奥用人は、雪の方の覚えめでたく、奥方の御心を汲《く》んで、江戸屋敷を上手くまとめているそうだ」

「左様か、それはよかった」

「向井嘉門なる江戸家老は確かにいた。昔専横の振舞があったとの廉《かど》で、切腹を命ぜられたそうな」

「その孫に当る鶴千代という幼君はどうなったのだ」

「若月家の七万石の内、三千石を分知されて、立派に別家を立てておられる」

「そちらの方は安泰なのか」

「向井嘉門の娘であるお茂の方が御生母だが、先年亡くなったそうで、本家筋ともいがみ合っている様子はまるでないようだ」

「それでは、今の若月家には何の隙もないのだな」

「猫が見たところでは何もないな」

苦労人で、かつては播州龍野《ばんしゆうたつの》の大名・脇坂淡路守《わきさかあわじのかみ》に仕えていたが、剣の腕を妬《ねた》まれ、それが因《もと》で家中の侍を二人斬り、主家を退転した猫田犬之助である。疑わしきところがあれば鋭敏に察するであろう。

「あるとすれば……」

拍子抜けをした竜蔵がさらに問うと、

「そうだな。今、江戸家老を務める村田《むらた》典膳《てんぜん》なる者が、なかなかに堅物で融通が利かぬというところであろうかな」

と、犬之助は言う。

それも、かつては私利私欲に走り、権勢をほしいままにした向井嘉門という悪《あ》しき前例があるので、江戸家老たる者は、それくらいがちょうどよいであろうという若月家の方針と思える。

「う～む……」

竜蔵は腕組みをして唸《うな》った。

犬之助の話を聞くと、かつて内訌《ないこう》のあった若月家は、それを戒《いまし》めとし、雪の方の下で強固な家政を布《し》いているように思える。

「となると、竜さんを付け回していたという連中は何者なのであろうな」

犬之助は、竜蔵の戸惑いを横に見て首を傾げた。

「まあ、御家安泰と申しても、三十年もたてばどこかに綻びが出るものだ。何者かがよからぬことを企《たくら》み始めたのかもしれぬが……」

「と申して、おれを付け回して何の得があるというのだ」

「まるで関わりがないわけではないゆえ気持ちが悪いな」

「まったくだ」

「当家の屋敷に竜さんが入っていくのを見届けたと聞くと、猫もまた気になる。どうする？　少し揺さぶりをかけてみるか」

「いや、猫さんは大目付の御側用人だ。そんなことをすれば大事になる。もう少し様子を見てみよう」

「そうだな。それがよかろう」

話はそこで終った。

竜蔵は友の厚情に謝し、その後は犬之助としばし立合い、稽古に時を忘れた。

無眼流《むがん》を修め、浪々の暮らしを送った頃は幾度も修羅場を潜ったという猫田犬之助は、竜蔵と出会い共に稽古をするうちに、剣の深味を増していた。

同じ年恰好の竜蔵には、それがよい刺激となった。

剣の師・藤川弥司郎右衛門は、大器晩成といわれた剣客であった。

竜蔵も、随分と剣を修めたという自負はあるが、自分もまた大器晩成なのかもしれぬ――。そう思えば四十の剣も、まだまだ道半ばといえよう。

「好い話を聞かせてくれた上に、久しぶりに実のある稽古をさせてもらったよ」

やがて立合を終ると、春の寒気に体中から湯気を立てながら、

「せめてもの礼にと、美味《うま》い干物を買っておいたので食べてくだされ」

竜蔵は芝浜《しばはま》から仕入れた干物を、犬之助にふんだんに持たせて送り出した。

すると入れ替りに、網結の半次が道場に現れた。

今度は拵え場で汗を拭《ふ》きつつ話を聞くと、

「この前の編笠の侍が何者かわかりやした」

半次は勇んで言った。

「さすがは親分だ。本当に頼りになるぜ」

竜蔵は、五十を過ぎて尚抜かりのない半次を労《ねぎら》った。

「なに、あっしは好いとこ取りで、猿三と若《わ》え《け》のが動いてくれやした」

「皆で一杯やっておくれ」

竜蔵は、来たら渡そうと思って用意をしてあった祝儀を無理矢理握らせると、

「で、やはり若月家の者だったのかい」

低い声で訊ねた。

半次の姿を認めた竹中庄太夫もその場にやって来て、報せに耳を傾けた。

「へい、やはり若月様の御家中で……」

「そうか……」

竜蔵は渋い表情で半次を見た。

「頭目の侍は、園井《そのい》槌右衛門《つちえもん》という用人です」

「用人の園井槌右衛門……」

若月家の中間《ちゅうげん》に伝手《つて》を求めて訊いたところでは、江戸家老・村田典膳の信厚く、なかなかに厄介な男らしい。

「家老の信厚く厄介な用人か……」

かつての江戸家老・向井嘉門と、用人・大森五兵衛と同じ構図であるが、この二人は堅物過ぎてそれが厄介だと中間には思われているようなのだ。

下屋敷は郊外にある別邸の趣がある。国表からの物資を貯蔵したり、菜園を設けたりしているところがほとんどだ。

大名屋敷に町奉行所の役人は踏み込めないので、下屋敷は時に折助《おりすけ》と呼ばれる中間が部屋で賭場を開帳したり、犯罪の温床となることも多い。

若月家でも、向井嘉門が本所の下屋敷を私邸のようにしていたことがある。江戸の町に逃れた雪姫が、向井一派に捕えられ軟禁されたのもこの下屋敷であった。

そんな過去があるだけに、若月家においては下屋敷の監視が厳しいようだ。

邸内には武芸場が新設され、家中の剣士が集っている。そして、その束ねになっているのが用人の園井槌右衛門というわけだ。

園井はなかなかの腕自慢だそうで、月の内に何度も下屋敷に出かけては武芸場で家士を鍛え、その風紀を監視しているらしい。

「なるほど、中間達が厄介だってえのは、そういうわけか」

「そのようで。その辺りで油を売っていたら、武芸場に連れていかれて稽古をさせられるとか」

「そいつはほんとに厄介だ」

竜蔵は小さく笑った。先ほど猫田犬之助が、

「今、江戸家老を務める村田典膳なる者が、なかなかに堅物で融通が利かぬ……」

と言っていたのが思い出された。

噂《うわさ》になるほどの堅物江戸家老の信厚き、剣術自慢の用人——。

一筋縄ではいかぬ男のようだ。

「だが、悪い奴じゃあねえな」

「あっしもそう思います」

「何ゆえおれを付け回しやがるんだろう」

「ちょっとした思い違いがあるのではありませぬかな」

傍で聞いていた竹中庄太夫が口を開いた。

「思い違いねえ。なるほど……」

以前にも、直情径行な気性が災いして、逆恨みを受けたことは何度もあった。

その折に竜蔵を襲った刺客の中には、竜蔵がとんでもない悪党だと言い聞かされていた者もいた。猫田犬之助もその一人である。

「親分、園井槌右衛門は、今度いつ下屋敷に出向くんだろうな」

「探ってみますが、どうなさるおつもりで」

「うむ、こうなりゃあ、会って訊くしかねえだろ。何かおれに気にくわねえことがあるのか、てな」

「それが何より好いかもしれませんね」

「うむ、そうしよう。おれは何も覚えはねえんだ。それを忙しい中出向くのはちょっとばかり業腹だがな」

「無茶はなさらぬように……」

庄太夫が言葉を添えた。

「わかっているさ。ちょいと挨拶をするだけだよ。挨拶をな……」

竜蔵はにこりと笑った。

庄太夫と半次は、その笑顔に吸い込まれるように、顔を綻《ほころ》ばせた。
こんな時でも、まるで若菜摘みにでも出かけるような表情をみせる竜蔵が、何とも
おかしくてならなかったのである。

五

若月家用人・園井槌右衛門は、三日置きに下屋敷に出向いているらしい。

半次が早速存じよりを当って、探り出したのである。

そんなことならいっそ下屋敷に詰めていればいいというものだが、政庁である上屋敷にも、それはそれで用があるのであろう。朝の内は上屋敷で細々と用を済ませてから向かっているのだ。

それから察すると、勤めぶりも申し分がないと思われる。

何事にもきっちりとしているから、下屋敷の前で待っていればまず会えるはずだ。

「といっても、おれを付け回す日に当っていたら、ややこしいことになるがな……」

半次と共に本所の下屋敷に向かう日。竜蔵はそんな心配をしたが、上屋敷を張っていた乾分達から、峡道場に次々と伝令が来て、園井の外出が未だ無いとわかるや、半次と連れ立って道場を出た。

若月家下屋敷は、本所四ツ目通りに建ち並ぶ大名屋敷のうちのひとつである。

この辺りは本所の外れで、大名屋敷と田地が入り交じる、長閑《のどか》な風景が広がっている。

園井がいつも下屋敷に入る刻限であるという、正午《しょううま》を目指してやって来たのだが、着いた途端に半次の乾分がやって来て、

「もうすぐ到着いたします」

息を弾ませ報せたものだ。上屋敷から出て来た園井を確かめ、ここまで駆《か》けてきたのである。

「ご苦労だったな……」

竜蔵はその韋駄天《いだてん》ぶりを称《たた》えて、骨折り賃を握らせると、川端に出ていた葭簀《よしず》張りの茶屋に腰を掛け、半次と二人で園井の到着を待った。

どうやらこの日も、竜蔵を付け回す予定はなかったらしい。

「それにしても、親分ところの若いのは、皆ようく鍛《きた》えられているぜ。こいつは見習わねえといけねえな」

熱い茶を啜《すす》りながら感心していると、小半刻《こはんとき》（約三十分）もせぬうちに、

「先生、あれがそうです……」

半次が通りの向こうを指差した。武士の一群が歩いて来るのが見える。

この日は誰も編笠を被っていなかったのですぐにわかった。

その先頭にあり、小者に塗笠《ぬりがさ》を持たせ、家中の士を率いて威風堂々と歩いて来る整った顔立ちの武士が園井槌右衛門であった。

体はさほど大きくないが、身の引き締まり様や物腰に、武芸自慢が窺える。

「まったく、堅物は刻限に忠実なのでありがたい……」

竜蔵は茶代を置くと、

「親分、恩に着るよ。先に帰っておくれ」

半次に片手拝みをして、門前へと向かった。

――なんと見事な。

半次は竜蔵の姿をうっとりとして見た。

今日はきっちりと羽織を着し、縞《しま》の袴《はかま》姿は真に貫禄十分であるが、これを風になびかせて、ずしりずしりと歩む様子にはほどよい愛敬《あいきょう》が見え隠れしている。

ただの武骨者ではない小粋な風情が、四十になった剣客をさらに大きく見せる。

先に帰れと言われても帰られるものではない。

半次は邪魔にならぬように、そっと茶屋の隅から竜蔵の姿を目で追った。

「若月家御用人・園井槌右衛門殿とお見受けいたしたが……」

門前へと出た竜蔵は、今しも下屋敷へ入らんとする園井を、よく通る清々《すがすが》しい声で呼び止めた。

「貴殿は……」

怪訝な表情で声の主を認めた園井の顔が、あっと歪《ゆが》んだ。

「今さら名乗るまでもなかろう。直心影流剣術指南・峡竜蔵でござるよ」

動揺は引き連れている武士達の間にも広がった。

「ほう、方々も某《それがし》を共に付け回していたとみえる」

竜蔵は彼らを見回してニヤリと笑った。

園井はよほど剛直な男なのであろう。突如目の前に現れた峡竜蔵に、さらりと言い返す言葉が見つからず、ただ睨みつけるようにして、口をばくばくとさせた。

「このところは、とんとお見限りでござるが、某に何か用がござったのでは？」

竜蔵は淡々と問いかける。

「用などござらぬ……」

園井は怒ったように応えた。

「はて、用もないのに、居酒屋に入るところや、佐原様の御屋敷に伺うところを、何ゆえにそっと覗き見ておられたのかな」

「覗き見てなどおらぬ」

「ならば、たまさか何度もすれ違《ちご》うたと」

「貴殿がそのように思われるならば、それでよろしい」

園井は、自分でも何を言っているのかわからなくなったのであろう、いらくらとして、

「貴殿こそ、何ゆえ某の名を……」

つい自分の素姓を認めてしまった。

「やはり園井槌右衛門殿でござった」

「そ、それは……」

「今さら隠すこともござるまい。何者かに付け回されていると気付けば、見えぬ相手が誰か知りたくなるのは剣客の常。いざとなれば、身に降りかかる火の粉は払わねばなりませぬゆえに」

竜蔵は一転して、厳しい表情となって言った。この辺りの呼吸は喧嘩で覚えたものである。

園井は気圧《けお》された。

勝手に自分の周りをうろうろすると痛い目に遭うぞと、忠告を受けたのである。しかも、竜蔵の立居振舞はあまりにも堂々としている。

屋敷の門前で争うわけにもいかない。

園井も腕に覚えはあろうが、峡竜蔵が大目付・佐原信濃守の屋敷に入ったところを見届けている。竜蔵が佐原家の剣術指南を務めていることもわかっているはずだ。

ここで争っても不利になると分別をしたのか。

「どのようにして、某の身を調べたかはわからぬが、この上貴殿と語らうことは何もござらぬ。御免……」

園井はそう言い置くと、下屋敷の中へと消えていった。

知らぬ存ぜぬで切り抜ける。園井にはそれしか頭に浮かばなかったのであろう。

竜蔵とて、園井を追って下屋敷内に入ることは出来なかった。

この場でぶつかり合えばこっちのものだが、感情的にならず今は引き下がるしかない。

その意味においては、言い返す言葉も見当らず、竜蔵を相手にしなかった園井の判断は賢明であったといえる。

とはいえ、せっかく付きまとっていた相手を見つけ、相対したのだ。このままで済ませるのもおもしろくない。

「何か遺恨があるのなら思い違いでござるぞ。理由を聞かせてもらえぬのなら、この先は、奥用人の久保田又四郎殿に問い合わすまでのこと！」

と、園井の背に言葉を浴びせた。

園井の肩が思わず揺れた。

だが、立ち止まりそうになるのを辛くも堪《こら》え、彼は下屋敷の内へと入っていった。

従う若き家士達は、どうしてよいかわからぬ体で、とにかく園井についていくしかなかった。

竜蔵はふっと笑って歩き出した。

少し遅れて半次が後に続いた。

注意深く、若月家下屋敷の様子を窺ってみても、追ってくる者の影は見当らなかった。

やがて回向院《えこういん》門前の人通りが多いところへ出て、半次は竜蔵の傍へと寄った。

「いかがでした……」

「園井槌右衛門かい。なるほど堅物でおもしろみのねえ男だ。だが、悪事を働くような匂いはしなかった。いきなりおれが目の前に出てきたから面喰《めんくら》っちまったんだろうな。それで気の利いたことも言えずに引っ込んじまったってところだ」

「ではやはり思い違いをしていると……」

「だろうよ。久保田又四郎の名も出してやったから、今頃は面倒なことになったと思案の最中だろう」

「どんな理由があったかは知りませんが、先生の跡を付け回すなんて、馬鹿な真似《まね》をしたもんですね」

「そこはちょいと憎めねえな。放っておけばあっちが焦って動いてくるだろうよ。それより親分、待っていてくれたのかい」

「当り前ですよう。先生、あっしが先生の三番弟子だってことを、近頃お忘れじゃあござんせんか」

「忘れちゃあいねえよ。せっかくだ。どこかで一杯やろうじゃねえか」

「いいんですかい」

「たまには親分と飲みてえのさ。お前さんはいつも陰へ回って、ここ一番で姿を見せねえからな」

「へい……」

加齢ゆえに涙の栓が緩んできたのは竹中庄太夫だけではない。網結の半次も近頃はちょっとしたことで涙を溢れさせる。

今がその時であった。


二日後。

三田二丁目の峡道場に、再び猫田犬之助がやって来た。

「猫さん、ちょうどよかったよ。あれからおもしろいことになってな……」

その後の様子を見に来てくれたのであろうと、竜蔵がまた稽古場の見所に請《しょう》じ入れると、

「どうやらそのようだな」

犬之助は含み笑いをした。

竜蔵が首を傾げると、

「実はな、今日は若月家から竜さんへの言伝《ことづて》を頼まれて来たのだよ」

「若月家から、言伝？」

犬之助の話によると、佐原信濃守に若月家から遣いがあり、竜蔵に対して家中の者が無礼を働いた廉があったようだと詫《わ》びてきたという。

すべては行き違いによるもので、当家に招いた上で申し開きをしたい。それにつき、

当方には一切含むところがないゆえ、何卒《なにとぞ》とりもっていただきたいとのことであった。

信濃守には細にわたって説明があったようだが、

「若月殿から直《じか》に話を聞くよう、先生に伝えるがよい」

信濃守はその方が話が早いと、笑いながら犬之助に命じたのであった。

「何だそれは……」

竜蔵はますます首を傾げたが、若月家としては、佐原信濃守に事の次第を伝えた上は、上屋敷への招きに安心して応じてもらいたいと、邪心なき証《あかし》を立てたということなのであろう。

「やはり思い違いか……」

「とにかく、若月家上屋敷に竜さんを招きたいとの仰せだ。まず訪ねてみればよいのでは……」

「うむ、佐原のお殿様へ話がきたというなら放ってはおけぬな」

「うむ、猫の見たところでは、悪い話でもないと思うがな」

犬之助は嬉しそうな顔をした。

或《あ》いは、信濃守へ伝わっている話を、既に知っているのかもしれなかった。

「さてどうだろうね。これもまた親父の因果かもしれぬ……」

竜蔵は、困ったものだと、見所に掛かる〝剣俠〟と大書された掛け軸を見つめた。

六

若月家の上屋敷は、湯島聖堂の西北へ少し行ったところにある。

――懐かしいな。

この日も羽織をきっちりと着て、招きに応え若月家に向かった峡竜蔵は、上屋敷近くの神田川の河岸《かし》を見下ろして呟《つぶや》いた。

神田川は神田山を切り取って作られた谷間を流れていて、江戸の景勝地として知られている。

峡虎蔵は、ここから東にほど近い、神田相生町に浪宅を構えていた。

それゆえ、竜蔵がまだ幼い頃、虎蔵は志津と二人でこの河岸によく連れてきてくれたものだ。

虎蔵が、荷車に隠れて屋敷を抜け出した雪姫と出会ったのもこの河岸であったという。

そして町娘姿の雪を匿ったのは、竜蔵ががき大将として君臨《くんりん》した、浪宅裏の〝嘉兵衛店〟であった。

そういえば、もう〝嘉兵衛店〟にも長いこと訪ねていなかった。

大家の嘉兵衛も五年ほど前に亡くなり、今では二代目になっているらしいが、そのうち寄ってみることにしよう――。

そんなことを考えつつ、いつしか竜蔵は、若月家上屋敷の門前に立っていた。

迎えの駕籠《かご》を寄こすという若月家からの申し出を、晴れがましいと断り、ここまで一人やって来た竜蔵であった。

「峡先生でござりましょうか……」

見るからに強そうで威風漂う竜蔵を認め、門脇に立っていた家士が丁重に声をかけてきた。身形も立派な白髪の侍であった。粗相なきようにと、竜蔵を待ち構えていたとみえる。

「いかにも、峡竜蔵でござりまする」

竜蔵は恐縮して応えた。

「やはり左様で……」

白髪の侍は、少し声を詰らせた。

「奥用人・久保田又四郎にござる」

「おお、御貴殿が……。昔、お会いいたしたことがござりましたな」

「いかにも……」

あの時は、〃嘉兵衛店〃で共に雪姫を守った。

頼りない若侍であったのが、志津に励まされ、虎蔵に武士の意地を叩き込まれて、見違えるほどたくましくなったという久保田又四郎が、二十九年の時を経て白髪の立派な奥用人となって、四十歳の竜蔵を出迎えることになろうとは――。

又四郎もまた、自分を救ってくれたあの日の峡虎蔵を彷彿《ほうふつ》とさせる、今の竜蔵の姿に感極まっていた。

あれこれ語り合いたかったが、過去の騒動に触れる話は慎しむべきである。

竜蔵は黙って、又四郎と頷き合うと、彼の案内で門を潜り、中奥の広間に通された。

広間には、当主・左衛門尉と、あの日の姫、雪の方がいた。もう四十半ばになったはずだが、雪の方は今尚闊達《かったつ》で瑞々《みずみず》しさを失わず、静かに笑みを湛《たた》えていた。

又四郎は、竜蔵を案内して自らも端に控え一間には四人だけとなった。

「峡竜蔵にござりまする……」

竜蔵が畏まると、

「余が左衛門尉じゃ。よくぞ参ったな。礼を申すぞ」

左衛門尉は五十絡《がら》み。瓜実顔《うりざね》のやさしげな面持ちで、才気ほとばしる雪の方と並ぶと、頬笑ましいほどに調和が取れていた。

「お招きに与り、恐悦《きょうえつ》に存じまする、さりながら、未だこの身に何が起こったか、よくわかりませぬ」

竜蔵は堂々たる立居振舞を崩さず、少し顔をしかめて言った。

「ははは、さもあろう。すまぬことをいたした……」

左衛門尉は穏やかな声音で詫びると、雪の方を見て、

「まずこなたから、こ度の経緯《いきさつ》を……」

にこやかに促した。

竜蔵の姿を見てから、話したくて仕方がないという表情を浮かべていた雪の方は、

「久しゅうござりますな。やっと会える日がきましたぞ……」

堰《せき》を切ったように話し出した。

「三十年ほども前、わたくしは峡虎蔵殿に命を救われました。竜蔵殿は覚えておいでか」

「おぼろげながら」

「ほほほ、長屋の路地で、竹の棒にて立合うたことも」

「そのようなこともあったかと」

「卵売りに身を変えた曲者がわたくしを襲おうとした折、竜蔵殿が助けてくれましたな」

「それははっきりと覚えておりまする」

「竜蔵殿もまた、命の恩人じゃ」

「お恥ずかしゅう存じまする。あの折はただわけもわからずに……」

「あの折の騒動のあらましは？」

「先だって母に訊ね、なるほど、そのようなことであったかと、改めて合点がいった次第でござりまする」

堪らず又四郎が、畏れながらと身を乗り出して、

「お母上は御息災でござるか？」

と、問うた。竜蔵はさもあろうと、

「はい。相変わらずで、未だやり込められておりまする」

「御息災であればよろしゅうござった」

「御貴殿のことを懐かしがっておりました」

「左様で……」

出過ぎてはならぬと、又四郎は感慨に浸って、再び主君の前で畏まった。

竜蔵は威儀を正して、

「とは申しましても、すべて忘れてしまえと、父は皆に強く命じ、子供であったわたしなどは、元より何もわからぬままに警固の真似事をいたしておりましたゆえ、あえて昔のことを知ろうとは思いませなんだ」

「それなのに、当家の者に付け回されて、昔のことに思いを馳《は》せざるをえなかった……、そうでござりまするな」

雪の方が、申し訳なさそうに言った。

「御意にござりまする。畏れながら何者に見張られているかを調べあげ、問い質《ただ》したところ覚えはないと……」

「許してくだされ、家中の者の愚かな考え違いが、話をおかしゅういたしました」

「お聞かせ願いとうございます」

竜蔵は平伏した。

「まず面をあげられませ。これは、虎蔵殿とのお約束を果さんとしたがため……」

今から二十九年前。この同じ中奥の広間で、十七歳であった雪姫は、世話になった峡虎蔵、和田新太郎、〝嘉兵衛店〟の住人達を招いて礼の品を渡し宴を催した。

その折、雪姫はまた何かの折にはここへ来て、自分と語らってもらいたいと望んだ。

だがそれを、虎蔵始め一同はきっぱりと拒んだ。七万石の姫に馴《な》れ馴《な》れしくは出来ない。この度の騒ぎは互いに今日限りきれいさっぱり忘れてしまわねばならないというのだ。

それもまた我らの人情なのだと説かれて、姫も泣く泣くそれに従った。

それでも虎蔵の武勇を惜しんだ雪の方は、若月家の剣術指南役として来てはくれぬかと誘った。虎蔵は、やはりこれも断って、

「この虎蔵は、御当家にお仕えできる男ではござりませぬが、いつか……、左様でござるな、倅の竜蔵が四十くらいになった折は、あの馬鹿も少しは落ち着いておりましよう。覚えていて下されば、声をかけてやって下さりませ」

こんなことを言って笑いとばした。

座興に言ったつもりであろうが、さらりとその場に呼ばなかった息子の名を出す虎蔵の親心が、頬笑ましかった。

「わたくしはその言葉を忘れておりませなんだのじゃ」

雪の方は、少し勝ち誇ったように言った。

唇《くちびる》の両端が上がる笑顔には、あの日の我《わ》が儘《まま》で利かぬ気の姫の名残がある。

「父がそのようなことを……」

竜蔵は上目遣いで雪の方を見た。

「はい」

「して、奥方様は父の戯れ言をお聞き入れになられて……」

「軽慢《きょうまん》で、利かぬ気で、長屋の皆に世話をかけ、贅沢《ぜいたく》にも玉子しか食さぬ雪を、生まれ変わらせてくれたのがあの一件であった。互いに何もかも忘れようと誓ったが、これだけは忘れまいと指折数えて……。竜蔵殿、四十にならしゃったな」

「ははッ……」

「それゆえ当家の剣術指南役として迎えていただきたいと、お殿様に申し上げたのです」

「左様でございましたか……」

竜蔵は、胸が熱くなって、しばし感傷に浸った。虎蔵は一言もそんな話はしなかった。

長屋の衆も、虎蔵のいつもの冗談と聞き流し、わざわざ竜蔵の耳に入れなかったのであろうが、虎蔵の頭の中にはいつも竜蔵の面影が浮かんでいたのだ。

そして、二十九年の間、竜蔵が四十になるのを待って、虎蔵の言葉を生かし、竜蔵を剣術指南役に望んでくれる雪の方の厚情が身に沁《し》みたのである。

左衛門尉は、雪の方の言葉にいちいち頷いて、頬笑みを絶やさず、

「奥の願いとはいえ、頭ごなしに指南役を決めてしまうのも憚《はばか》られるゆえ、峡竜蔵なる剣術指南を当家に迎えたい、ついてはその様子を確かめ、よきに取り計らうよう家老に下知いたしたところ、これがどうも一徹者《いってつもの》でのう」

竜蔵は苦笑いを浮かべて、

「調べてみたところ、どうしようもない暴れ者であるとの評判を聞き、こ奴は真に佐原様の御屋敷において剣術指南を務めているのであろうか……。そんなところでござりましょうか」

「ははは、堪忍してやってもらいたい」

「虎蔵殿を思い出し、わたくしは懐かしゅうございましたが、今の江戸家老は国表から遣わされた者ゆえ、峡虎蔵という者がどれほど立派な剣客かも知らず、用人の園井槌右衛門にいたっては、剣術の腕を誇り、峡竜蔵何する者ぞと……」

雪の方が続けた。

その挙げ句、竜蔵に素姓を悟られ、先日の下屋敷での失態を見せた。久保田又四郎の名を出されては捨て置くわけにもいかず、又四郎に相談をしたことで、この度の仕儀になったという。

「いや、すべてはわたくしの不徳のいたすところでござりまする。ただ、随分と暴れ回りはしましたが、亡き父と同じく、非道な真似をいたした覚えはござりませぬ。その上で、この峡竜蔵をお望みであれば、喜んで出稽古を仕《つかまつ》ります」

「受けてくれるか」

左衛門尉が、竜蔵に頷いた。

「ははッ、但《ただ》し、佐原様での指南もござりますれば、あくまでも一介の浪人としてお受けいたしとうございます」

竜蔵は畏まって応えた。

「ほほほ、思うた通りじゃ」

雪の方は、そのような物の考え方も、あの日の虎蔵と同じだと、嬉しそうに竜蔵を見た。

「そなたの願い通りにいたそう。奥も又四郎も、よかったのう」

左衛門尉は、雪の方と又四郎を見て、満面に笑みを浮かべた。

――よいお殿様だ。

早合点の江戸家老も、この当主に仕えているのならば頬笑ましく思える。

頃やよしと、又四郎がその場に江戸家老・村田典膳を連れて来た。

典膳はしかつめらしい表情で、

「江戸家老・村田典膳でござる」

竜蔵に向き直り、姿勢を改めた。

なるほど、見るからに一徹者らしき五十男で、鬼瓦《おにがわら》のような風貌《ふうぼう》である。

「もう何も申されますな」

竜蔵はにこやかに、村田の次の言葉を制した。

どうせ詫びの言葉を述べたいのであろうが、この手の古兵《ふるつわもの》は、やたら大きな声でくどくどと語るので困るのだ。

「御家老のなされたことは、御家を思われてのこと。よくわかっておりまする」

「いや、さりながら、用人・園井槌右衛門共々、改めまして……」

「改めることは何もござりませぬ。まず為さねばならぬのはただひとつ……」

「はて……？」

「この峡竜蔵が、真に当家の指南役に相応《ふさわ》しいか、腕のほどをお見せすることでござる。その折に、園井殿とも共に稽古に汗を流しとうござる。一旦剣を交じえれば気心は知れましょう。詫びなどはまったく無用と存じまする。いかがでござろう」

竜蔵は、目の奥に親しみを込めて村田をじっと見つめた。

一徹者との勝負は理屈ではない。男と男の言葉を交わすに限る。

それが四十歳の竜蔵が分かり得た極意なのだ。

強張《こわば》った村田典膳の顔が、たちまち綻《ほころ》んだ。

「忝うござる……」

しっかりと頷く顔には、何とも憎めぬ男の恥じらいが浮かんでいた。

「うむ、めでたいの」

左衛門尉が扇で膝《ひざ》を打った。

ほがらかな君主の傍で、雪の方はそっと目頭を拭うのであった。

その二日後に、若月家上屋敷の武芸場にて、峡竜蔵とその一門を迎えての立合稽古が執り行われた。

峡道場から上屋敷へと入ったのは、竜蔵の他に、師範代の神森新吾、竹中雷太、内田幸之助、津川壮介《つがわそうすけ》、古旗亮蔵《ふるはたりょうぞう》、さらに竹中庄太夫が峡家の老臣を気取って顔を出した。

もちろん五十半ばの庄太夫は、稽古には加わらない。しかし、年頭に当たっての懸案であった、峡竜蔵の出稽古を増やす件が、好い形で決まったわけであるから、この後の折衝《せっしょう》がうまくいくよう同道したのだ。それゆえ庄太夫は朝から張り切っていた。

武芸場の見所には、若月左衛門尉、江戸家老・村田典膳、奥用人・久保田又四郎達、定府の重臣達が陣取り、雪の方はそっと隅の御簾《みす》の下ろされた小座敷から覗き見た。

二十年前に亡くなったという先君・但馬守の娘で、家中に恐い者なしの烈女と見られる雪の方であるが、奥向きの者が容易に表へ出てはならぬという慎しみを忘れない。

若月家は奥方で持っている、などという風評が立つのはよろしくないと、雪の方は思っている。

そこがまた夫・左衛門尉から慈《いつく》しまれ、家中の心を捉えるのであろう。

一方、稽古場には、園井槌右衛門が落ち着かぬ様子でいた。彼が率いる若月家自慢の剣士達もまた同じで、峡道場の〝来襲〟を受けて、これを迎撃せんと燃えていた。

江戸家老・村田典膳の指図で、峡竜蔵の周辺を調べ、どのような男なのか品定めをするべく、数日にわたって付け回した園井であった。

芝、三田界隈では喧嘩名人で通っている乱暴者だと聞き、剣術自慢の園井が勇躍任務に当たったのだ。

つけてみると、居酒屋に入ったと思えば、出てくるや町の若い衆の喧嘩を伝法な口調で止めに入ったり、その様子は剣術指南というより、やくざ者の親分に思えるものであった。

「あのような者に、由緒ある若月家の剣術指南など務まるものとも思えませぬ。どうせ、佐原様の御屋敷で出稽古を務めているというのも何かの間違いでございましょう」

そのように報告したものの、確かめてみると、峡竜蔵は門番から丁重な扱いを受けて、佐原邸へと入っていった。

「う〜む、佐原様もどうかしている……」

剣術自慢ゆえにどうも納得が出来ないが、大目付を務める佐原信濃守の屋敷に出入りするとなれば、用人の自分が勝手な判断を下すわけにもいかない。

どうしたものかと思っているうちに、峡竜蔵本人から詰問を受けた。やくざ擬《まが》いの剣客と侮《あなど》っていたが、いつの間にか自分の素姓まで知られていたとは意外であった。

その上、奥用人・久保田又四郎の名まで知っているとは――。

又四郎は、昔、家中に内訌があった折、身を呈して雪の方を守った英雄とされている。その際、峡虎蔵という剣客が活躍したことなどは、虎蔵の安全を鑑《かんが》みて、ごく一部の者にしか知らされていなかったから、園井槌右衛門が、峡竜蔵がどのような男か理解出来なかったのも無理はない。

焦った園井は、又四郎に打ち明け、これを知った主君・左衛門尉からは、勇み足を叱責《しっせき》されることになる。

しかし峡竜蔵は、詫びなど今さら不要だと家老の村田に言ったらしい。

「大した御仁じゃ」

自分に調べろと指図した村田もすっかり、峡竜蔵を認めている。

園井は一人悪者にされたようで不快であった。しかも、詫びよりも武芸場での立合を望んだという竜蔵が、清々し過ぎて腹が立つ。

——それなら、おぬしの力不足を殿の御前《ごぜん》で明らかにしてやろう。

園井はこの日を待っていたのだ。

剣術は幼少より一刀流の各派を修めた。

この十年は特に指南役がいなかった若月家江戸屋敷において、家中の士を鍛えたのは自分だという思いもある。

峡竜蔵とその一門を歓迎する上屋敷の武芸場で、園井は気負っていたのだ。

園井を師と仰ぐ剣士達も、手ぐすねを引いていたが、彼らが消沈するのに時はかからなかった。

竜蔵はまず、竹中雷太と内田幸之助、津川壮介と古旗亮蔵の二組の立合を見せた。

存分に技を出し合い、嬉々《きき》として打ち合う二組は、しばし武芸場内を唸らせた。

竹刀捌《さば》きの妙、打ちの重さ、理に適《かな》った真剣を想定しての技――。これらが至芸の舞のごとく映ったのである。

それが終ると、神森新吾が稽古場に立ち、若月家の精鋭と次々に立合った。

ここでは感嘆が起こった。

新吾は、圧倒的な強さで相手を寄せつけなかった。それでいて技を引き出すことも忘れず、打って出たところへ巧みに返し技を入れて、最後は一本打たせて終えるのだ。

――新吾め、なかなかやる。

竜蔵は最後の三人の相手をした。

園井の高弟を気取る二人から始め、軽くかわしてかすりもさせず、相手の息があがったところで立合を終えた。

そして、園井との立合は、

「無礼なきよう力の限り務めまする」

と、全力で相手をした。

園井はなかなか見事な動きを見せたが、竜蔵の剣は相手が強ければ強いほど生きてくる。

園井が繰り出すどの技も紙一重で見切り、面、小手、胴、突きと技を入れ、園井が戦意を喪失するまでに打ちのめした。

もちろん、園井への意趣はない。またひとつ剣の高みを垣間見《かいまみ》させてくれた園井への謝意が立合に表れていた。

園井槌右衛門もそれをわからぬほど、気持ちの捻《ね》じ曲がった男ではない。

立合を終えると、

「お見事でござる。峡殿の腕をすぐに見抜けなんだは不覚にござった。この後は何卒我らに稽古をつけていただきとうござる」

若月家の剣士達と共に深々と頭を下げたのである。

御簾の中では雪の方が、

「二十九年前、わたくしは竜蔵殿と竹の棒で立合い引き分けたのでございますよ……」

左衛門尉の満足そうな顔を見つめつつ呟いた。

「虎蔵殿、約束は今果しましたぞ。息子殿は、あの日の貴方にそっくりでございますねえ」

そんな鎮魂の言葉と共に――。

峡竜蔵は、四十歳にして羽州六万七千石、若月家の剣術指南となった。

月に二度出稽古を務め、その他若月家の武芸全般の指南となり相談を受ける。食禄《しょくろく》は定めず当面、年五十両の謝金を賜《たま》う。

「親父殿、お蔭《かげ》で方便も楽になりそうだ。忝うございます」

竜蔵は春の空に祈りながら、この先何か企んでいそうな雪の方が、どうにも気にならなかったのである。

第二話　書庫奉行

一

羽州にて六万七千石を領する大名・若月左衛門尉に請《こ》われ、出稽古《でげいこ》を務めることになった峡竜蔵であったが、若月家の歓迎は思った以上のもので力が入った。

竜蔵による初稽古は、二月初午《はつうま》の朝に行われた。

晴れがましいことを好まぬ竜蔵ゆえに、供連れも内田幸之助一人を伴い出かけたところ、家中の士達が我も我もと稽古を願い、

「こんなことなら、今日だけでも新吾を連れてくればよかった」

と、竜蔵を嘆息《たんそく》させたほどであった。

江戸屋敷には、長く指南役がおらず、家来達は、園井槌右衛門らを中心に、自分達で工夫して腕を鍛えてきたのだが、それにしてはよく統制も取れているし、皆一様に剣の筋もよい。

それが、峡竜蔵を迎えますますやる気を起こしたというべきであろう。

かつて、江戸屋敷内において権勢をほしいままにした向井嘉門とその一味の前に、何も出来ずにいた家中の者達を、

「たわけ者めが！　我が家中に男はおらぬか！」

と、十七歳の折に叱責《しっせき》した雪の方である。婿養子となった左衛門尉と二人で、正義と硬骨の士風を家来達に植え付けていった跡が偲《しの》ばれる。

打てば響く手応《てごた》えに満足を覚え、気分も上々の竜蔵を、

「この後は初午の宴ゆえ、ゆるりとなされてくだされ」

奥用人・久保田又四郎は屋敷に引き留めた。

初午は、毎年二月の初めの午の日に行う稲荷社《いなりしや》の祭である。

市中は貴賤《きせん》によらず賑《にぎ》わったが、武家屋敷も同様で、邸内に近所の町家の子供達が入るのを許し遊ばせたり、神楽《かぐら》を催したりして大いに楽しんだ。

若月家でもこの日ばかりは、奥方、若君、御殿女中なども、奥向きより出て宴に時を過ごすことになっていた。

「厳しい稽古の後に初午の宴……。真《まこと》によい趣《おもむき》でござりますな」

賑やかなことが大好きな竜蔵は、宴への誘いを喜んで受けたのだが、

「殿と奥方様がお待ちでござる……」

やがて又四郎に、中奥の庭が望める書院に案内された。

なるほど、こんな日は雪の方も、峡竜蔵に会ってあれこれ物を言い易い。それゆえに、出稽古の初日を初午の日にしたのだと思われた。

――何かまた、新たな頼み事があるのかもしれぬな。

竜蔵はそんな予感を覚えつつ、供の幸之助を遊ばせておいて、招きに応じた。

「よい稽古であった……」

書院に入り、竜蔵が畏《かしこ》まると、左衛門尉はまず労をねぎらい、

「今日は祭じゃ。そなたに堅苦しい振舞は似合わぬ。まず近う、近う……」

と、傍《そば》へ寄るようにと言った。

傍らには雪の方。江戸家老・村田典膳が手前に控え、各々盃《さかずき》にほんのりと頬《ほお》を朱に染めていた。

先ほどの稽古には、嫡男《ちゃくなん》・彦之助《ひこのすけ》と共に半刻《はんとき》（約一時間）ばかり武芸場の様子を見に来た左衛門尉は、彦之助に宴を任せて、自分は邸内を一廻《まわ》りした後に書院へ入っていた。

雪の方も武芸場が気になって仕方なかったが、先日峡竜蔵の御披露目《おひろめ》日の立合稽古をそっと覗《のぞ》き見たばかりであったのでさすがに今日は控えていた。

それゆえ、竜蔵と言葉を交わすのを随分と楽しみにしていたのだ。

雪の方は、かつての命の恩人で、若月家の危機を救ってくれた峡虎蔵の遺子を大事にせねばならぬと強く思っている。

その上に、竜蔵と共に町家の娘、子供に身を替え、迫り来る刺客から逃れた、危険で刺激的なあの数日間の思い出は忘れ難いものだ。

それゆえ何年たっても、竜蔵には妙な親しみと気易さを覚えるのである。

こうして再会を果した上からは何か困ったことが出来《しゅったい》した時は、あの日の虎蔵に接するがごとく、彼の力を借りたくてうずうずとしていた。

近頃は、下屋敷にも立派な武芸場を新設して、たるみがちな下屋敷の風紀を引き締めた。

峡竜蔵の指南による稽古は、下屋敷で催してもよいものだったが、左衛門尉はあくまでも上屋敷の武芸場に設定した。それには折あらば竜蔵を中奥へと召して、あれこれ意見も聞き頼み事もし易いとの、雪の方の意向が反映されていたのである。

そして左衛門尉もまた、峡竜蔵を頼りになる男だと見て取り、気に入っていた。

「そなたが指南役を務めてくれて、また家中が引き締まったようじゃ。礼を申すぞ」

左衛門尉は生まれながらの貴人であるが、実に気さくな人となりである。

　そもそもが養子に来た身であるから、努めてそのように生きてきたのか、僅《わず》かな間とはいえ、市中の裏長屋で過ごしたことのある、雪の方に感化されたのか――。

　いずれにせよ、剣術指南役としてはいささか型破りな峡竜蔵を気に入るのであるから、そもそもがくだけた気性なのであろう。

　竜蔵の出稽古が決まって、月に何度かお借りいたしますと、佐原信濃守にわざわざ断りを入れたというところを見ても万事心遣いが細やかであった。

　竜蔵はそんなことを考えながらも、相手は六万七千石の大名である、余計な口を叩《たた》いてはいけないいと、

「畏《おそ》れ入ります……」

　ただ栄誉を嚙《か》みしめて、勧められるがままに盃を受けていた。すると、やがて雪の方が、

「近々、恒例の仕合があったはずでは……」

　頃《ころ》やよしと口を開いた。

「おお、左様でございましたな。これはひとつ御指南役には、大いに骨を折ってもらわねばなりませぬぞ」

　村田が相好《そうごう》を崩した。

「恒例の仕合……?」

竜蔵が村田に向き直ると、

「いかにも、これはもう二十年続いている行事でござってな……」

嬉《うれ》しそうに村田が説明するところでは、江戸屋敷内の番方、役方の区別なく、各組から五人を出し、総当りで仕合をして、その年の一番を決めるものだという。

各組は大番《おおばん》組、近習《きんじゅ》組、小姓《こしょう》組、徒士《かち》組、足軽小者《あしがるこもの》組、勘定組、納戸組など定府《じょうふ》の家来達で構成される。

奥用人手代などは近習組に統合され、蔵役人は納戸組に属す。

中でも、警護役である大番組、主君の側近くに仕える近習組、小姓組は、役儀上腕《うで》自慢《じまん》が多く、他の組には負けていられないと、この日のために鍛練《たんれん》を欠かさぬという。

軽輩の身である徒士組、足軽小者組はここが見せ場であると、仕合に出られる幸せを胸に頑張るので、なかなかに白熱するようだ。

勘定方、納戸組なども負けてはいない。

役方などは武芸においては役に立たないなどと言われぬように、これを目指して稽古に励む上、各組とも目付役、用人手附《てつき》なども加え比較的に人数が多いので、その時々で強い者を選ぶのに苦労はないのだ。

さらにこれへ、中屋敷組と下屋敷組が参戦する。こちらも一組に集約されているゆえに毎回上位に食い込んでくる存在なのだ。

「それはまたおもしろそうな……」

村田に伝えられ、竜蔵は感じ入った。

「斯様《かよう》な仕合があれば、各々方に張りが出ましょう。いや真によい行事かと存じまする」

「御指南役もそう思われてござるか」

「勿論《もちろん》のことでござる」

「ならばまず、一番を取った組の者には、褒美《ほうび》として厳しい稽古を付けてやってもらいとうござるな。はッ、はッ、はッ……」

村田は豪快に笑った。

しかし、雪の方は真顔となって、

「それもようございますが、近頃では勝ち負けにこだわって、仕合を始めた頃を思えば、いささか心得違いも起こりつつあるような気がいたします。それを御指南役に正していただきたいものにございます……」

しみじみと言った。

その言葉に左衛門尉は、

「なるほど、余もそれがちと気になっていた……」

と、相槌《あいづち》を打ち、村田もまた思い当る節があるのか、神妙に頷《うなず》いた。

それを察するや、雪の方はからからと笑い、

「ほほほ、これはいらぬ差し出口でございましたな。今は御指南役がいるのです。お任せいたせばよいことでございました」

と、たちまち左衛門尉の顔をも綻《ほころ》ばせた。

それから先は、峡竜蔵の剣術談議と、若き頃のしくじり話に一座は沸いた。

しかし、初午の賑いに紛れて、雪の方が自分に何を伝えたかったか竜蔵にはよくわかった。

若月家恒例の仕合について、胸に一物あるようだ。

峡竜蔵が指南役となって後、雪の方は一刻も早く、これに着手してもらいたかったのであろう。

ただ、その辺りは雪の方らしい深慮《しんりよ》で、自分の口から気にかかることの詳細は言わず、まず仕合のあらましと、自分がそれに対する屈託を心の内に抱えているという意思表示だけをしてみせたのだと竜蔵は察した。

亡父・虎蔵が二十九年前、倅《せがれ》の竜蔵も四十くらいになれば少しは落ち着いておりましょうと言ったのは正しかった。

四十になってみて、やっと人の心の動きや、自分に対する想《おも》いについて理解出来るようになったと、思えるからである。

「奥方様、まずお任せくださりませ」

竜蔵はにこやかに応えて、やがて中奥の書院を辞したが、その刹那《せつな》、目の奥に、

「確《しか》と承ってござる！」

という強い想いを込めた。

「ほほほ、お稽古が始まったばかりだというのに、あれこれ言い募《つの》りましたな……」

雪の方も頬笑《ほほえ》んで竜蔵を送り出したが、彼女の目にも、

「頼みますぞ！」

という強い意思が表れていた。

その屈託の詳細は、久保田又四郎から聞いてもらいたいというのであろう。

久保田又四郎は、祭に浮かれる邸内を出て、神田川の河岸《かし》に用意した船に、竜蔵と幸之助を乗せ、自分もまたこれに乗り込み、芝口《しばぐち》まで送ってくれた。

船上、竜蔵にあれこれ打診してくれるようにとの配慮は明らかであった。

二

その夜。

若月家上屋敷から戻った峡竜蔵は、竹中庄太夫と神森新吾を母屋の自室に呼び遅くまで語らった。

まだまだ春は名ばかりで夜は冷える。

綾は熱い燗《かん》をつけて、煮込みうどんと共に出したから、

「綾、こいつは気が利いてるぜ」

竜蔵は、庄太夫と新吾と共に大喜びであった。生卵を落したうどんは、腹を充《み》たし元気をつけ、温まる酒の肴《さかな》となる。

話題はこの日の出稽古の成果と、帰りの船で久保田又四郎が語った、雪の方が密《ひそ》かに抱える恒例仕合についての屈託であった。

「まず出稽古は、この先も好《よ》い具合に進めていけそうだが、何とかしねえといけねえのは仕合の方だ」

又四郎から話を聞かされた時は、面倒な話だと思ったが、不思議なものである。

熱い酒とうどんが体に入ると、さてどうしてやろうかという楽しみが湧《わ》いてくる。

あれこれ語らずに夫を調子に乗せるのは、綾もまた雪の方と同じく巧みなようだ。

件《くだん》の仕合の概容を語り聞かせると、竜蔵と同じく、庄太夫も新吾も、

「おもしろい行事ではありませんか」

と口を揃《そろ》えた。

「だが、そのおもしろいはずの仕合を喜ばぬ者もいるのだよ」

それが、又四郎を通じて聞いた、雪の方が抱える屈託であった。

仕合の熱狂の陰でいつの間にか取り残されてしまった組があり、その存在がどうも気になるというのだ。

それが、書庫奉行とその配下の者達であった。

書庫奉行とは、呼び名の通り書庫を管理する奉行である。

武芸だけではなく、学問好きでもある左衛門尉は、時として珍しい書籍を購入する。

これを写本し、保存する。また、古書の虫干し、絵画・骨董《こっとう》の手入れ保管も行う。

さらに書庫にはそれなりに高価な物も収蔵されているので、交代で不寝番《ふしんばん》をする――。

なかなかその職責は多岐にわたっているのだが、単調で地味な勤めであるから、一人前の男がする役儀ではないと思われがちである。

ひたすら書籍に造詣《ぞうけい》が深い者が選ばれて配される他は、出仕する組内に空きがなく、

当面定員が割れるまでの暫定処置として配される者。

何をさせても出来が悪く、

「書庫奉行の下ででも働かせておけばよい」

となる者。

そして御役御免《ごめん》間近でそれなりに学問を修めた者などがこの役目に就いている。

奉行の湯川仁左衛門《ゆかわにざえもん》も、学問に秀《ひい》で、かつて侍講《じこう》を務めたことがある武士で、齢《よわい》五十の半ば。名誉職としてこれに当てはまる。

配下の書庫方は、その時々で増減はあるものの、七人定員で現在六人。それなりに大きな役であるといえよう。

とはいえ、ざっと並べてみても、書庫方に剣の腕が立ちそうな者がいるとも思えない。

かつては、右筆《ゆうひつ》と合体して仕合に出たこともあるらしいが、一度たりとも勝ったことがなく、

「こんな手応えのない連中とはやってられぬ」

と、対戦相手に言われ続けたそうな。

そのうちに、右筆の年代も上がり、自ずと仕合に出る者もいなくなったので、書庫

奉行配下だけが一年に一度のことと、少ない人数の中やり繰りして出場し続けたが、

「端《はな》から勝つとわかっている相手と仕合をしたとて詮《せん》ないことだ」

という家中からの嘲笑《ちようしよう》を受け、五年前から形だけ納戸組に合併して、書庫方としての参戦はなくなったのである。

「雪の方は、この連中がもう一度仕合に出ることを望んでおいでなのだ」

竜蔵は頭を掻《か》きつつ言った。

「それは難しゅうござりますな」

新吾が即座に応えた。

「恐らくその書庫方の衆は、仕合そのものを忘れてしまいたいのでは……」

「おれもそう思うのだ……」

初めのうちは、負け続けようが、

「書庫の連中も、なかなかやるではないか」

と、頬笑ましく捉《とら》えていた家中の士達も、仕合への執念が募ると、いつまでも勝てない連中を、

「ここは遊びの場ではない」

疎《うと》ましく思うのも無理はない。

また書庫方の衆も、

「我らとて職責をまっとうしているのだ。嘲《あざけ》りを受けるのは傍《かたわ》ら痛い」

そんな気になってくる。

書庫奉行の下で、きっちりと勤めてさえいれば、仕合は納戸組の誰かが出るのであろうから、黙って仕合の勝ち負けに取り憑《つ》かれた馬鹿共を眺めていればよいのだ。

それを今さら復活して仕合に出るのは誰も望まぬであろうし、出たところで恒例の仕合にいらぬ波風が立つだけであろう。

「どうあっても、書庫方を仕合に出るよう取り計ってもらいたい、そう仰せなのでございますか」

新吾は心配そうに竜蔵を見た。

「いや、無理は承知だが、いつかそうなってくれたら……。雪の方様はそう願っておいでなのだ」

「その思《おぼ》し召《め》しを先生のお耳に入るようにしたということは、きっとそうしてもらいたいとの仰せに等しゅうございます」

「ふふふ、そうだな……」

「厄介な話でございます」

いきなりそんな難題を持ちかける雪の方に、新吾は眉《まゆ》を顰《ひそ》めたが、庄太夫は笑顔を浮かべ、

「いやいや、先生ならばこそ、何とかならぬものかと奥方様もお思いなのでしょう」

と、その期待の大きさを喜んだ。

「きっと奥方様は、恒例の仕合のあり方そのものが、何やらおかしゅうなっていると お気付きになられたのでしょうな」

「久保田殿はそのように申されたよ」

さすがは庄太夫だと竜蔵は頷いた。

そもそも組対抗の仕合は、役方においては、武士の本分である武芸の鍛練を忘れぬようにとの戒めと奨励《しょうれい》。番方においては、武をもって主《あるじ》に仕える者が、家中で最強であるという当り前のことを示して見せよと発奮《はっぷん》を促すものであった。

だがそれによって、書庫奉行配下の者がかえってやる気を失い、書庫方そのものの存在が軽んじられる風潮が家中に漂い始めているのではないか――。

雪の方はそれを案じているのである。

若月家に、家来の〝捨て所〟などひとつもあってはいけないのだ。

その想いは、左衛門尉にも伝わっている。

だがこの温和で考え深い主君は、家来自らがそれに気付き、考え、そこから脱せねばならぬと思っていた。

それを可能たらしめるのは、新しい血の導入であり、新たな武の指導者である。

そこで峡竜蔵に声がかかったのだ。

「まあ、随分と面倒な話だが、庄さんの言う通り、こいつは確かに名誉なことだ。いつかそうなれば、なんて悠長《ゆうちょう》な話はしてられねえ、おれはさっそく当ってみようと思うんだが……」

「ははは、それには若月様の御屋敷に足繁く通わねばなりませぬな」

「三田の道場の方は、この新吾にお任せくださりませ」

「すまぬな……」

竜蔵は片手拝みをしてみせて、

「だが、うまくいけばちょいとくださるそうだから、そん時は何かうめえものでも食いに行こう……」

と、もう一方の手に指で丸印を作って、二人の高弟を喜ばせ、

「綾、お前もな！」

隣の部屋で燗をつける妻への気遣いも忘れなかったのである。

二日後。

佐原信濃守邸での出稽古を済ませ、信濃守に若月家での初稽古を報告した竜蔵は、

「大先生、我が屋敷の方もお見捨てなきように……」

と、からかわれつつ、その翌日に、早速若月家の上屋敷を訪ねた。

まず、用人の園井槌右衛門に、仕合当日の流れなど詳細を訊《たず》ね、求められるがままにあれこれ意見を述べた。

腕に覚えのある園井だが、指導する立場にあるゆえ、仕合には出ない。この数年は、立合人や仕合の切り回しをしていた。

奥用人・久保田又四郎から、書庫奉行配下の件を聞いたと言うと、余りよい心地もしないであろうゆえ、今までの戦歴を資料で辿《たど》り、

「この書庫方というのは、近頃仕合に出ておらぬようでござるが……」

と、水を向けてみたところ、

「書庫方……？　そういえば出ていたような……」

園井は首を傾《かし》げた。

書庫方が仕合に出ていた事実さえも忘れてしまっているようだ。

それでも剣術指南の峡竜蔵に問われると、受け流すわけにもいかないと思ったのであろう。

手附の者に経緯《いきさつ》を訊ねて確かめると、

「そうでござった。余りにも弱いゆえ皆が嫌がり、いつの間にか納戸組に併合されたようでござる。近頃はそれをよいことに、武芸場にもまるで姿を見せず、まったくお恥ずかしい限りでござる……」

渋い表情を浮かべた。

既に雪の方の内意として、久保田又四郎から聞かされている話を再び訊ねるのは、実にまどろこしい。

——だが宮仕えには、日々このような気遣いが肝要《かんよう》なのだな。やはりおれには務まらぬ。

竜蔵はいちいち頷きつつ、頭ではそんなことを考えていた。

たとえ僅かにしろ、大名屋敷へ出向き、そんな気を遣えるようになった自分にも驚きながら——。

「ほう、それはいけませぬな。書庫方の衆にも、また仕合に出てやろうという心意気を持ってもらいたいものでござる」

竜蔵は、初めて知ったことのように顔をしかめてみせた。

「うむ、仰せの通りじゃ。されど、今さら連中を鍛えたとて詮なきこと。大人しゅう書庫の番をさせておけばよいものかと……」

「剣術指南を引き受けた上はそうも参りませぬ。まだ馴染《なじ》みのない某《それがし》ゆえに、話せることもござろう。まず御奉行と会《お》うてみとうござる。お取り次ぎ願えませぬかな」

「それはお易い御用でござるが……、そこまで気遣われるとは、峡殿には頭が下がりまする」

「何事も心に引っかかることがあると、じっとしておられぬ性質《たち》でございましてな。はははは……」

園井槌右衛門は、竜蔵の熱い想いに気圧《けお》されて、すぐに書庫奉行・湯川仁左衛門に話を通し、自ら書庫へと案内してくれたのであった。

三

若月家上屋敷内の書庫は、表門を入って玄関の左手に建つ武芸場の、さらに奥にあった。

中奥へと続く庭に面していて、武芸場とは隣接している。

「ほう、ここでござったか……」

竜蔵は少し感慨深げにその建物を見上げた。蔵というよりも御長屋の一棟のような造作で、なかなか立派なものであった。

今まで園井と打ち合わせていたのが、武芸場内の控えの間であったから、庭伝いに出るとすぐについた。

仕合が近づくと、武芸場では剣士達が入念に稽古を行うというから、書庫方の面々は武芸場から聞こえてくる喧騒《けんそう》の中、日々の務めをこなさねばならないはずだ。

それに発奮することはないのであろうか。

竜蔵はそう思えてならなかった。

中へ入ると、広い土間があり、それに板間が続き、廊下の両横に八畳ほどの間がある。

右側が応接や評議などに使う書院で、左側が、奉行の執務室のようだ。

廊下の突き当りが書庫方の詰所で、宿直の小部屋と小さな台所が窺《うかが》い見られる。

詰所のさらに向こうが書庫の入り口で、土蔵の鉄扉が設《しつら》えてあった。

「御指南役をお連れいたしたぞ！」

園井が太い声を発すると、詰所から勢いよく一人が出てきて畏まった。

「野村勉三郎《のむらべんざぶろう》でござりまする……」

二十歳を少し過ぎたくらいの、才気走った若者である。

峡竜蔵をまの当たりにして、緊張と嬉しさが交じりあったような表情を浮かべている。

書庫方にこのような者もいるのかと、竜蔵は少しほっとした。

「某はこれにて」

園井は、わざわざ書庫奉行を訪ねる竜蔵に、少し気の毒そうな目を向けると、軽く一礼をしてその場を立ち去った。

畏まる勉三郎は、園井の姿が見えなくなるや、

「先だっては御用人を相手になされての立合、拝見できずに無念でございました……」

低い声で言った。

「あの折は姿を見なんだが、三日前の出稽古の折は、そういえば武芸場に……」

「はい、出ておりました。若輩の身ゆえ、先生に稽古をつけていただく番が回っては参りませなんだが」

「左様か。それはすまぬことをしましたな」

「これは余計なことを申し上げました。どうぞお許しくださりませ。まず御案内を仕《つかまつ》ります」

勉三郎は、思わずあれこれと喋《しゃべ》ってしまったことに恐縮し、竜蔵を湯川仁左衛門のいる部屋へと案内した。

「わざわざのお運び、忝《かたじけの》うござる」

湯川は温厚にして痩身《そうしん》。どこか竹中庄太夫に通じるものがあり、好感が持てる武士である。

退出しようとする勉三郎を呼び止めて、

「そなたはこれに控えていよ」

と、竜蔵の世話をさせた。

小者に命じて茶を持ってこさせるくらいの仕事だが、湯川は未《いま》だ会う機会がなかった峡竜蔵の噂《うわさ》話を、勉三郎から聞いていたのであろう。その折に勉三郎が竜蔵に畏敬《いけい》の念を抱いていると見て取り、思わぬ今日の対面に、傍へ置いてやろうと思ったようだ。

そういうところにも湯川の人となりが偲ばれるし、野村勉三郎を重用していることが窺える。

「御多用の折、お手を止めさせてしまいました。平に御容赦のほどを……」

竜蔵は威儀《いぎ》を正した。

「いや、とんでもないことでござる。峡先生のお噂はお聞きいたしておりましたが、もはや武芸場には縁なき身でござれば、なかなかお目にかかる折もないと思うておりましたところこのような仕儀となり、真にありがたい……」

湯川は丁重に応待し、竜蔵を恐縮させた後、

「先ほど園井殿から聞いてござるが、何でも恒例の仕合について話があると」

「いかにも……」

竜蔵はにこやかに頷いた。

湯川はそれにつられて笑みを浮かべたが、すぐに困った顔となり、

「書庫方から、せめて一人は納戸組に加わり仕合に出るように、などということでござりますかな」

探るような目を向けてきた。

「いや、書庫方として一組を成し、再び仕合に出てもらいたいと思いまして」

「なんと……」

「御奉行の御存念をお聞かせ願いとうござる」

湯川は低く唸《うな》った。

隅に控える勉三郎の表情が、ぱっと輝いた。

「確かに、書庫方はかつて仕合に出ておりましたが、いかなる経緯があって今に至ったか、既にお聞き及びでは……？」

「伺うておりまする」

「それならば、今も事情は変わっておりませぬ。仕合に出ていた者も、皆御役替えとなり……、お気にかけてくださるのはありがたいが、その儀ばかりは……」

「諦《あきら》めた方がよいと」

湯川は少し思い入れをして、

「これは、殿の思し召しでござるか」

竜蔵を真《ま》っ直《す》ぐに見た。

「いえ、お殿様より恒例の仕合を、意義あるものにせよと仰せつかりました、この峡竜蔵の思いでござる」

「左様でござるか……」

湯川は目を閉じて、しばし黙考した。

思慮深い彼には、この剣術指南役が主君と雪の方の内意を汲《く》み取り、近頃は本来の目的を失いつつある恒例の仕合を改革しようとしているのであろうと理解が出来た。

湯川自身も仕合のあり方には疑問を覚えていた。

だが老境に入り、書庫奉行を名誉職と捉え、日々書籍に触れて暮らせる身をよしとして、自分も武士でありながらそれに背を向けてきたのは否めない。

「思えばわたしにも至らぬところがござった。組下の者がやる気がないのを叱《しか》りもせず甘んじて参った」

やがて湯川は口を開き自戒の念を述べた。

「御奉行が至らなかったとは思いませぬ。色々な思惑が重なり、気がつけばこのような仕儀になったことと存じまする。さりながら某は江戸屋敷において剣術指南を仰せつかった身でござる。かつて一組を成した書庫方が、いつしか仕合に出ぬようになったとあれば、再びこれを元に戻さねばなりませぬ」

竜蔵は力強く応えた。

「真にありがたい御指南役が参られたものでござる。とは申せ果して一組を成せましょうか」

湯川は竜蔵の熱意にほだされたが、現状を想い嘆息した。

「できますとも。まずこれに頼もしい剣士がござる」

竜蔵は一間に控える野村勉三郎を見た。

勉三郎はすっかりと興奮していて、

「恐れながら、わたくしは書庫方の一人として、仕合に出とうござりまする」

その身を乗り出した。

湯川はふっと笑って、

「さもあろう。だが、そなた一人では仕合には勝てまい」

宥《なだ》めるように言うと、

「峡殿、この者はちと他の者とは違いましてな……」

今の書庫方の面々について語り始めた。

まずこの場にいる野村勉三郎は、羽州の国表《くにおもて》で勘定奉行を務める野村家の嫡男で、若年とはいえ文武を一通り修め先行きを期待されている。

親の跡を継ぐにはまだまだ早いが、まず江戸に出仕させ見聞を広めるべきであると、当主・左衛門尉が遊学の意味を込めて、当面の間定府としたのである。

といっても、何か御役につかせぬわけにもいかぬゆえ、ひとまず欠員のあった書庫奉行手附となったのだ。

それゆえ勉三郎は、書庫方といっても特別な存在であるといえる。予々《かねがね》江戸表での恒例の仕合には出たいと思っていたから、まず書庫方の一人として通用するだろう。

だが、仕合は五人戦で、勝利の条件は三勝先取であるから、少なくとも三人いなければ一組を形成出来ない。

となれば野村勉三郎の他に、どのような家士がいるのかというところだが、

「まず、お奨《すす》めできるような者がおりませぬ」

と、湯川は言う。

本多《ほんだ》源内《げんない》は齢二十八。

父は国表で剣術指南役を務めたことのある本多鉄斎《てっさい》である。それゆえ、相当剣術の腕は好いと思われがちなのだが、それがまったく遣えない。

父親とはどうも不仲であったのか、剣術の稽古より学問に精を出し、進んで江戸上屋敷の書庫方への出仕を願ったのである。

それが三年前のこと。当時は既に書庫方は特殊な役儀であるとする風潮があり、若月家としても人選に苦慮するようになっていた。そこで江戸表から国表に、望む者があればと問い合わせていたのに応えたのだ。

そのような男であるから、書庫方に出仕してからは黙々と書物の写しや管理に力を注ぎ、木太刀を取ったところなど、ただの一度も見かけたことのない、無口な変人と

して通っている。

　室井兵太《むろいへいた》は齢三十。

　かつては大番にいて、それなりに剣術の稽古にも打ち込んでいた男であるのだが、とにかく喧嘩《けんか》っ早く、同僚と揉《も》め事ばかり起こすので度々御役替えとなり、ついに三年前から書庫方に配されたという。

　ここでは喧嘩になるような相手もなく、日々単調な暮らしが続くので、喧嘩っ早さも鳴りを潜め、牙《きば》を抜かれた狼《おおかみ》のごとく日々無愛想な表情で、何やらぶつぶつ言いながら暮らしている。

「勉三郎の他に仕合に出られるとすればこの両人でござるが、まず使いものにはなりますまい」

　と、湯川は見ている。

　その他の書庫方となると、現在、下男の他には、小林八弥《こばやしはちや》、高瀬松之丞《たかせまつのじょう》、毛利禄左衛門《もうりろくざえもん》の三人が士分であるが、齢二十六の八弥は、

「生まれつき体が弱く、ここでさえ力仕事を任せられぬ男でしてな」

　齢三十の松之丞は、

「これは剣術どころか学問も怠《なま》けるていたらくで、背が六尺を越える高さで、棚の高

いところに手を伸ばすのにはよいという理由で置いておりまする」

そして、毛利禄左衛門は齢六十。

「この者は徒士組の次男坊でござってな。三十俵取りの部屋住みとなれば、何か芸がなければ世に出られぬと学問を修め、一代抱えで用人手附に取り立てられたのでござる……」

子もなく、一代抱えの身をわきまえ養子も取らず、死ねばこの別家は絶える運命にある。

近頃は老いが進み、事務能力もすっかりと落ちたので、余生を送らせてやるのに書庫方に配されたのである。

「そんなわけで、毛利禄左衛門を〝もうろく殿〟と呼ぶ者までいる始末でござる。峡殿が想いをかけてくださったとて、これでは仕合に出るなどとても……」

語りつつ、自分は何というところで奉行を務めているのであろうと情けなくなってきたのか、湯川仁左衛門は肩を落した。

「左様でござるか……」

竜蔵は、神妙に頷いてみせたが、

――こいつはおもしれえや。

心の中では、湯川や勉三郎のような器量を備えた者とがらくた共が共存する書庫奉行とその配下が、おもしろくて堪《たま》らなかった。

思えば我が峡道場とて、竹中庄太夫のような十四歳も上の〝蚊蜻蛉《かとんぼ》おやじ〟が一番弟子となり、二番弟子には不良御家人子弟の中でよたっていた神森新吾、三番弟子には町の御用聞きの網結の半次……、この書庫方と大した違いはなかったはずだ。

こ奴《やつ》らをまとめて仕合に出すのは至難の業《わざ》かもしれないが、やってみる価値はあるだろう。

「とは申せ、皆が武士であることに違いはござらぬ」

竜蔵は顎《あご》を引き、凛《りん》として言った。

「確かにそうでござるな……」

「腰に両刀を帯びる身で、剣術に背を向けては、御先祖に申し訳が立ちますまい」

「はい……」

「無礼の段はお許し願いとうござるが、今のままでは書庫方は、武士の心をなくした者の捨てどころになってしまいましょう。それに甘んじてはなりませぬ」

「申される通りでござる。されど、その心がついてきておらぬ者に、仕合を無理強いしたとてますます物笑いの種となり、生きたまま屍《しかばね》をさらすようなことに……。己が武道不心得とはいえ、それは辛《つろ》うござりまする」

「御奉行はおやさしい……。感服仕る。だがそうはさせませぬ。まず武士の心を取り戻し、自ずから仕合へ出ようと思う……。そのような気持ちを皆に起こさせれば、この先はさらに誇りをもって書庫での務めに励めましょう」

竜蔵は言葉に力を込めて湯川に頷いてみせると、野村勉三郎に頰笑みかけ、

「後四人、まずおぬしが説き伏せてみられよ。某が後押しをいたそう」

と熱い目差《まなざし》を向けたのである。

四

書庫奉行・湯川仁左衛門に異存はなかった。

彼とて若い時は剣術の稽古にも励んだものだ。今はもう諦めの気持ちが先に立ってしまったが、書庫方の連中が発奮して、たとえ一勝でもあげてくれたなら、奉行としてはこれほどのことはないと思った日もあった。

それを、あの峡竜蔵というどこか型破りな剣術指南役ならば、いともた易くしてのけるのではないか、そんな気がしたのである。

竜蔵はまず、湯川奉行に用があったので、この機会に皆の顔を見ておきたくなった

と言って、詰所へと立ち寄った。

とてつもなく強い指南役を迎えることになったと、噂だけは聞き及んでいたのであろう、勉三郎の他の五人は、突然の竜蔵のおとないにそれぞれが驚いた。

体の弱い小林八弥と、六尺高の高瀬松之丞は、無理矢理武芸場に連れて行かれて気合を入れられるのであろうかと怯《おび》えた顔を見せた。

変人の本多源内は、きっちりと挨拶《あいさつ》をしたものの、

「今にも雨が降り出しそうな様子ゆえ、御免くださりませ」

その場から逃げるように庭へ出て、虫干ししてあった書物を片付け始めた。

喧嘩っ早い室井兵太は、初めて会う相手にはもし自分と喧嘩になればどうなるであろう、などと子供じみた想像を抱くという。それゆえ、ここの誰《だれ》よりも峡竜蔵の底知れぬ恐ろしさがわかるようだ。終始目を合わさず挨拶事が済むのを俯《うつむ》き加減でやり過ごした。

そして〝もうろく殿〟こと、毛利禄左衛門は、逆に竜蔵を恐れる理由はないゆえに、この人が噂の御仁かと、高価な骨董品を見るかのような目を向けてきたのである。

「某が峡竜蔵でござる。この先、出稽古に参るゆえ、武芸場で会いたいものでござるな」

にこやかに丁重に語りかける竜蔵に、皆は親しみを覚えたが、それ以上に畏怖《いふ》をも覚えたようだ。

〝もうろく殿〟は飄々《ひょうひょう》としていて、年長者である自分が場を和ませねばならぬと思ったか、

「ありがたいお言葉でござるが、我らが武芸場に参れば、先生のお邪魔になりましょう」

と、言って小さな笑い声をたてた。

「何の、人を見て法を説く……。それぞれの技量に合せて稽古をつけるのが某の務めでござる。きっと強くして進ぜよう。どうじゃな、室井殿」

竜蔵は真顔で応え、喧嘩早いという兵太に声をかけた。

兵太は相変わらず俯き加減で、

「強くなったとて、もはや腕を揮《ふる》うところもござらぬ……」

喧嘩すら出来ぬ身を嘲笑《あざわら》うようにぽつりと応えた。

「揮うところならいくらもあるはず。書庫方として恒例の仕合に出るなどはいかがかな」

竜蔵のその言葉に、勉三郎と庭へ出て書物を片付けている本多源内以外は、ぽかん

と口を開けて竜蔵を見た。

皆一様に、鬼のように強いと噂に聞いた指南役が、思いの外親しみ易く、くだけた男なので呆気《あっけ》に取られている様子であった。

だが、誰もが竜蔵の言葉に興味を引かれた様子はなく、ただの戯《ざ》れ言《ごと》と捉えていたのである。

「ははは、これはお戯《たわ》むれを……」

〝もうろく殿〟が、痛む腰をさすりながら言った。

「戯れ言ではござらぬ。これだけの武士がいて、当家恒例の仕合に背を向けて暮らしているとは信じられぬ。聞けば納戸組に併合されているとの話だが、某は書庫方が再び一組となって仕合に出ることを望んでござる。各々方の想いがまとまれば声をかけてもらいたい。すぐに仕合に加われるよう手配した上で、強くしてみせよう」

竜蔵は、庭の源内にもはっきりとわかる声で投げかけ、その日は引き上げた。

余り強い刺激は与えぬ方がよいと思ったからだ。

そしてそこから、野村勉三郎の悪戦苦闘が始まった。

勉三郎が組内に働きかけ、最後は五人で仕合に出ると要請する――。

そのような段取りを組んだのだが、その後の勉三郎からの報告は厳しいものであった。

まず、竜蔵が言ったことは、あくまでも気さくな指南役の冗談だと、一同は受け止めていて、

「どうです皆さん、我らで組を成して、仕合に出てみませんか」

と、勉三郎が熱く語っても、

「我々は今、納戸方の組内に入っているわけだから、そんなことをして波風を立てるのはよろしくない」

〝高背〟の松之丞は建前に終始するだけだし、体の弱い八弥は、

「我々は、筆をとったり、書画骨董を扱ったり、とかく細かい仕事を求められますから、剣術の稽古などをして怪我《けが》でもすれば、日々の勤めに障《さわ》りが出るではござらぬか」

などと言う始末である。

源内は相変わらず無関心を貫き、兵太は怒ったように、

「仕合などは、日頃しいたげられている連中がうさ晴らしにするものだ。あんな馬鹿馬鹿しいことに付き合っていられるか……」

と、吐き捨てる。

〝もうろく殿〟は、いずれにせよ自分には関《かか》わりのない話だとて、ゆったりと筆をとりながら、勉三郎の姿をにこやかに見守るばかりであった。

それでも辛抱強く同僚諸氏を説く勉三郎であったが、

「そもそもおぬしは、そのうち国表に戻り、お父上の跡を継ぎ、重役になる身であろう。書庫方にどれほどの思い入れがあるというのか、まったくわからぬ……」

兵太にそのように言われると、何も言えなくなってしまう。

奉行の湯川仁左衛門は、どうしても出来の好い勉三郎を傍近くに置くようになる。将来を嘱望《しょくぼう》されて、とりあえず書庫方に配されている野村勉三郎は、他の五人からすると疎ましい存在なのかもしれなかった。

峡竜蔵とて、毎日若月家上屋敷へ行くわけにもいかず、勉三郎の苦労は彼が小者に託す文で知った。

――ふふふ、相当手こずっているようだ。

苦笑いを浮かべつつ、竜蔵はそれほど悲観していなかった。

五人の内一人が決まっているのだ。これほど心強いことはない。

形勢はちょっとした風向きで変わる。

――三人決まれば、自ずと二人はついてくるはずだ。

となればとにかくあと二人を何とかすればよい。

若月左衛門尉の意向は、書庫方の者達が自らの意思で、いつか仕合に出てくるようになってもらいたいというものだが、

――次の仕合に出さねばならぬ。

新たに剣術指南役が現れた今こそ、変われるのだと竜蔵は思っている。

三田の道場で、竜蔵は竹中庄太夫に若月家上屋敷の様子を伝え、あれこれ策を練った。

「ここはまず、喧嘩っ早い室井兵太という御仁が狙《ねら》い目でございますな」

庄太夫の意見は、竜蔵のものと同じであった。

「先生がわざわざ足を運ばれるまでもございますまい。わたしが湯川仁左衛門殿をお訪ねいたしましょう」

「うむ、この度はそうしてもらおうか」

「まずお任せくださりませ」

庄太夫は、勇躍《ゆうやく》上屋敷へと出向いた。

峡竜蔵の剣術披露をした折、竹中庄太夫は竜蔵の老臣を気取って、方々に挨拶をしていた。それは、このようなことがあった時のためなのである。

湯川仁左衛門とはまだ会ってはいなかったが、竜蔵の話では、

「どこか庄さんに似ている」

そうな。

会うのは楽しみでもあった。

竜蔵は、仕合の話については、この後、遣いの者を送るのでよしなに頼むと湯川に伝えてあったので、庄太夫は難なく書庫に通された。

表門から向かう途中、武芸場の前を通ると、先日挨拶をした大番組の組頭と行き合った。

「これは竹中殿、先生の遣いで参られたか」

組頭は庄太夫を覚えていて、気さくに声をかけてくれた。

これも、出稽古を務めることになった峡竜蔵の実力をまのあたりにした家中の者達が、いかに彼を崇《あが》めているかの表れであるが、

――生まれながらの浪人で、まったくもって腕の立たなんだこの身が、六万七千石の大名屋敷に出入りできるようになったとは、思えば信じ難いことだ。

いささか感傷に浸った庄太夫であった。

待ち構えていた野村勉三郎に請《しょう》じ入れられ、湯川仁左衛門の用部屋で、庄太夫は書

庫奉行と会った。

――なるほど、自分と同じ匂《にお》いがする。

庄太夫は一目会って親しみを覚えた。それは湯川も同じ想いであったようで、

「先生に竹中殿のような御仁がついておられるのは真に重畳《ちようじよう》でござるな」

と、相好を崩した。

庄太夫はすぐに本題に入らず、書画骨董についての湯川の見識を伺いつつ、書庫方のような趣のある御役が置かれている若月家の仕組を称《たた》えて、少しの間雑学に話を咲かせた。

峡竜蔵の遣いである庄太夫が、博学な人物であれば、竜蔵の仕合に対する意気込みにも深みが出るというものだ。

やがて話は、あの喧嘩っ早い室井兵太に及んだ。

一刻（約二時間）ばかり、湯川は庄太夫の話に聞き入り、にこやかに相槌を打っていたが、やがてその場に同座させていた野村勉三郎に、

「そなたにはちと心苦しいこともあろうが、彼の者に付き合うて、あれこれ言葉をかけてやってもらいたい」

声を潜めて命じたのである。

五

「まったく御奉行は何を考えておいでなのだ。こんな用は〝高松（高瀬松之丞）〟にでもさせればよかろうものを……」

室井兵太は、ぶつぶつ言いながら書庫を出た。

「それはやはり、室井殿が頼りになるとお思いなのでしょう」

横で野村勉三郎が宥めた。

「頼りになるだと？　ふん、死にかけの八弥と、〝もうろく殿〟よりはましというところか……」

とかく怒りっぽい室井兵太であるが、ぶつぶつ言いながらも勉三郎には言葉を返す。

いつも何かに怯えているような小林八弥、背が高いだけのうすのろと馬鹿にしている高瀬松之丞。好きも嫌いもないが老人ゆえに憎まれ口も叩きにくい毛利禄左衛門。

こんな連中とは話したくもない。

ましてや、何が楽しくて書物の整理に明け暮れるのか、何が気に入らずに人との触れ合いを避けるのか、まるでわからぬ本多源内などは傍へ寄るのもつまらぬことだ。

そうなると、書庫と武芸場の下働きをする小者二人か、〝腰かけ出仕〟は気に入らぬものの、考えや言動に裏表のない野村勉三郎しか話し相手がいないのである。

室井が湯川奉行に対して何を怒っているのかというと、納戸方への遣いを命ぜられたからだ。

書庫には、絵画、骨董の品も収納されている。

これは若月家の式典、行事などで使用されることもあるので、日頃納戸方と打ち合わせておく必要が生じる。

今までは、ほとんどの場合、湯川仁左衛門自らが出向いていた。

近頃は勉三郎を供に連れていくか、所用あって出られぬ折は、毛利禄左衛門を行かせていたのだが、俄《にわか》に室井兵太に勉三郎を付け、これを命じたのである。

「おぬし一人でも十分に務まる役目ではないか」

奉行と最長老が務めていた役目が回ってきたのは名誉であるし、悪い気はしないはずであるが、兵太はどうも気に食わないようだ。

「わたしのような若輩者が一人では到底務まりませんよ。後で納戸方と言った言わないでもめることのないよう、室井殿にいてもらわねばなりません」

「まあ、あの本多源内では務まるまいが……」

このように頼りにされると、兵太もさすがにいつまでもぐずぐず言ってはいられな

くなったのか、

「仕方がない。それならば、さっさと済ませてしまおう」

と、勉三郎と二人で納戸方詰所へと向かった。

本心では、奉行の代わりを務めることに喜びを覚えていた。

だが、室井兵太が納戸方に足を運びたくない理由は他にあった。

納戸方の組頭の一人・寺田《てらだ》仙太郎《せんたろう》と、かつて喧嘩になっていたからだ。

そもそも室井家は、大番組頭を務めていた。大番は、大番頭の下に組頭が二名。組頭は百五十石格であるからなかなかの身分であったといえる。

兵太もそれなりに将来を嘱望されて大番に出仕をしたのだが、ここで恒例の仕合に選ばれて出たものの、大事なところで敗北を重ねてしまう。

無念に打ちひしがれている兵太に、

「こんな弱い男がそのうちに組頭になるのかと思うと堪らない……」

同僚からの陰口が聞こえてきた。

元より短気な兵太は、情けなさが怒りに変わり、陰口の出処《でどころ》を探り、こ奴を力任せに殴りつけたところ、相手が弾みで骨を折る大怪我を負った。

「組頭の倅ゆえに、先の望みをも託され仕合に出る栄を与えられたのだ。それをしっかりと受け止めもせず、仕合で恥をさらし、喧嘩で家中の者を傷つけるとは不届き千万である！」

兵太の父親は厳格な人であったゆえ激怒し、兵太を謹慎させ、これが解けると自らは御役返上を願い出た。

その意思が堅いので、若月左衛門尉はこれを許したが、室井家を断絶させるわけにはいかないので、家禄《かろく》半減の上で兵太に家督を継がせ、納戸方へと出仕させた。

それからほどなくして、隠居した父親を病に亡くした兵太は、室井家の再興を誓い、心を入れ換えて日々の勤めに励んだ。

寺田友蔵《ともぞう》という組頭は、兵太の亡父とは親しい間柄《あいだがら》であったゆえに、兵太をかわいがり、時に自宅の御長屋に呼んでくれたりもした。

友蔵には兵太と同じ年恰好《としかっこう》の仙太郎という息子がいて、同じく納戸方に出仕をしていた。

しかし、この仙太郎は性根《ね》が捻じ曲がっているところがあり、友蔵からはいつも、

「お前は男らしゅうない」

と叱責を受けていた。

剣術の腕はなかなかのものなのだが、恒例の組対抗の仕合に出られるようにと、候

補にあがる同僚の悪い噂を流したりもした。

それが友蔵の目にはわかるのだ。

だが、真っ直ぐな男になってもらいたいと願う友蔵の心に反して、仙太郎は兵太のような出来の悪い男をかわいがる父親への反発を募らせていた。

兵太は大番組での度重なる敗戦によって、恒例の仕合に出る気力を失っていたので、剣術においては、いつも仙太郎の陰に回るようにしていた。

それは恩ある友蔵への配慮でもあった。

仙太郎は、そのような兵太に友情を向けてもよさそうなものであるが、家禄半減の憂《う》き目を見たような男が、寺田家の周りをうろうろとしていることが気に入らなかった。

寺田家には、そのという娘がいて、仙太郎はなかなかにこの妹をかわいがっていたのだが、そのもまた兵太が気に入っているようで、何かというと兵太の話を兄にせがむのだ。

仙太郎はますますおもしろくない。

それである日、

「おぬしは妹をどう思うておるのだ」

仙太郎は兵太に意味ありげに問うた。

兵太は寺田家に招かれる折に、何度か顔を合わせたことのあるそのを憎からず思っていたので、

「どう思うているると言われても、何とも申しようがないが。立居振舞といい、御器量といい申し分のない人だと……」

と、言葉を濁《にご》した。

仙太郎は、それをおもしろおかしく言い立てた。

「室井が、うちのそのを申し分のない女だと言っているのだが、いったい何を考えているのであろうな。まさか妻にもらいうけようなど馬鹿なことを考えているのではあるまいな。はははは……」

会う人毎に嘲笑ったのである。

兵太は顔から火の出る想いであった。

寺田友蔵の厚情を思い、納戸方では地道に大人しく暮らしていこうと思ったが、男の純情を辱《はずかし》められては黙ってはいられなかった。

「仙太郎殿、噂を聞いたが、おぬしはこの兵太がいかにもその殿に懸想《けそう》しているかのように触れて回っているそうだな」

ある日、納戸方の詰所で詰問した。

周りに人がいる方が、そっと呼び出すより誤解されずに済むと思ったのだ。

「何だと……?」

仙太郎はしたり顔で、

「言いがかりはよさぬか。今度はおれを相手に喧嘩をするつもりか、そんなことをすれば、禄はすっかりのうなってしまうぞ、色男殿……」

嘲笑うように言った。

「おのれ、愚弄《ぐろう》いたすか!」

兵太はついに激昂《げきこう》した。

家禄半減となった痛恨に加えて、そのへの想いを揶揄《やゆ》されては堪忍《かんにん》ならなかった。

父は亡くなった。母も既にこの世にいなかった。兄弟のない身には、召し放ちになったとて本望だ。せめてこの才子面《さいしづら》したいけすかぬ男を叩きのめしてやる。

兵太は胸倉を摑《つか》み、仙太郎を引き倒した。

だが詰所での騒ぎである。たちまち同僚の家来達が二人を引き離して大事にはいたらなかった。

友蔵はこの一件を不問にするよう働きかけて、ちょっとした諍《いさか》いで済ませた。

しかし友蔵には、喧嘩の原因が息子の方にあるとわかっていたゆえ、組頭としての権限で仙太郎を謹慎させ、廃嫡《はいちゃく》を示唆《しさ》するほどに叱りつけた。

その上で、頭に血が昇ると前後の見境なく喧嘩をしてしまう兵太を戒めて、

「そなたは武士として人より劣っているわけではない。いつかきっと御家《おいえ》もおぬしを頼りにするであろう。その日まで静かにしっかりと励むがよい」

その言葉を添えて、書庫方へと御役替えにしたのである。

友蔵の言葉はありがたかったが、書庫方への異動は兵太のやる気を失わせた。

何事も身から出た錆《さび》と思えば、さらなる家禄の減俸がなかっただけでもよしとして、ただ大人しく生きようと思った。

そのいは兵太に想いを寄せながらも、仙太郎によって気持ちを踏みにじられ、やがて他家へと嫁いだ。

家禄を半減される前ならばよかったが、どうせ今の室井兵太では、そのとの釣り合いも取れなかったのだ。忘れてしまおうと思ううちに、理解者であった寺田友蔵も病死してしまった。

兵太はさらにやる気をなくしていた。

そして、このところは借りてきた猫のように大人しくしていた仙太郎が先頃、納戸

方の組頭となった。

——御奉行は、おれと仙太郎のことを知らぬわけでもあるまいに。

兵太はどうもおもしろくないのだ。

納戸方から移ってきて三年になる。もう前の因縁など忘れて、書庫方の務めをしっかり果せというのであろうか。

広大な表の殿舎の廊下を通り、やや奥まったところに納戸方の詰所がある。

そこへ行くまでの間、兵太は気が重たかった。かつては御長屋からここまで、大番組での失態を取り返さんとして、意気軒昂《けんこう》たる想いで通ったものだが、それも夢のように思われる。

詰所に入ると、見知った顔もいくつかあった。皆一様にあの時の室井兵太への同情があったから、それらの面々はにこやかに会釈《えしやく》をしてくれた。

「いくら広い御屋敷とはいえ、なかなか会えぬものだな」

中にはそんな声をかけてくれる者もいて、兵太も緊張を和らげた。

すぐに兵太は勉三郎と共に、次の間の書院に通された。今日の打合せの相手は、額《ぬか》田《た》、根上《ねがみ》という年配の武士で、兵太とは顔馴染みであった。

歳《とし》も十ほど離れているので、互いの気遣い具合もよく、きたる上巳《じようし》の節句に使用する調度品の選定などもすぐに決まった。

額田、根上の両人は、兵太が湯川仁左衛門の代わりに来たのは、とかく忘れられがちである書庫方とはいえその中において、兵太が頭角を現したゆえのことだと捉え喜んでくれた。

兵太は重苦しい想いが一変、久し振りに充実した気分になった。その上に、会いたくない寺田仙太郎は、詰所から席を外しているのか、ここまで姿を見かけなかったので、ますます楽しくなっていた。

時には書庫より出て、家政の中枢である表の殿舎に足を運ぶのも悪くない。そんな想いさえしてきたのである。

しかし、その想いはすぐに吹き飛んだ。

いざ、書庫に戻らんと、合議の一間から出ると、折悪くそこに寺田仙太郎が戻ってきたのだ。

「おや、これは珍しいものを見たぞ。そういえば、書庫奉行殿が人を寄越すと申されていたが、そなたが来るとは思わなんだ」

仙太郎は組頭としての威厳を放ちつつ、兵太を小馬鹿にしたように言った。

「今はつつがのう話もすみました……」

兵太は、会いたくない男をまのあたりにして、さらりとこれをやり過ごそうとしたが、

「そう急がずともよいではないか、おぬしとは知らぬ仲でもないのだ。何といっても、喧嘩するほどの間柄ゆえにのう。ははは……」

仙太郎はなかなか行かせてくれなかった。

「その折は……」

喧嘩のことを持ち出されて、兵太は仕方なく小腰を折った。

「気にすることはない。済んだ話を今さら言い立てるおれではない。それよりも、妹のそのを覚えていよう。今は岡部《おかべ》様御家中の納戸奉行に嫁いでいるのだが、めでたいことに先だって二人目が生まれてな。これが大きな男子で、大喜びをしているそうだ。まずよいところに嫁いでくれて、おれも一安心だ」

兵太の表情が強張《こわば》った。当てつけを言われているのは明らかであった。

「急ぎの用がございますれば、これにて御免くださりませ……」

横から勉三郎が恭《うやうや》しく頭を下げ、兵太を促した。

「おお、書庫方の俊英とはおぬしのことか」

仙太郎は、野村勉三郎がいかなる者か聞き及んでいるのであろう、一転して口調を

和らげて彼を見た。

「野村勉三郎にござりまする。俊英などとは畏れ多うござります……」

「いやいや、なかなか剣術の方も励んでいるとか。どうじゃ、納戸組の一人として仕合に出ぬか」

「いえ、わたくしなどはまだまだ……」

「それは残念じゃのう。室井兵太は出てくれそうにもないゆえ、我が納戸組もなかなか戦況が苦しゅうてな。まあ、いつでも声をかけてくれ」

仙太郎は高らかに笑った。

勉三郎は兵太の袖《そで》を引くようにして、その場から退出した。

――おのれ、仙太郎め。

兵太は拳《こぶし》を握り締めて肩を震わせた。思いの外に納戸方の連中は親切に接してくれた。その心地よさが残っていたからこそ、仙太郎のからかいに堪えたが、昔の喧嘩を持ち出されて、

「その折は……」

と思わず小腰を折った自分が腹立たしかった。

日頃は不機嫌にぶつぶつ文句を言うことの多い兵太であったが、久し振りに腹の底

から込み上げる怒りを覚えたのだ。

だがその怒りがすぐに大きな力に変わっていくことになるとは、この時の兵太には思いもかけなかったであろう。

書庫へ戻る間、兵太と二人になるや勉三郎が、

「何ですか、あの寺田仙太郎という男は……！　まったくいけすかぬ奴ですね。あの場は堪えるしかありませんでしたが、それだけに腹が立ってなりませぬ！」

怒りを顕《あら》わにしたのであった。

人は自分より激しく怒る者がいると、少し気が収まるものだ。泥酔に取り乱す者が横にいるとこっちの酔いが醒《さ》めてしまう現象と似ている。

兵太は少し落ち着いて、

「あ奴は、前からあのように嫌みばかりをほざくたわけなのだ。気にするな……」

勉三郎を宥めるように言ったものだ。

「そういえば聞いたことがあります。室井殿が納戸方におられた時、室井殿が寺田殿のお父上からの覚えがめでたいのを妬《ねた》んで、ありもせぬ噂を流したと……。真でございますか」

「ああ、奴を見ればわかるであろう」

「いやはや呆《あき》れた男でございますな」

「さすがにおれも腹を立てて、奴の胸倉をこう摑んで引き倒してやった」

「よくぞしてのけられましたな。それからどうなったのです」

「さすがにそこは詰所の隅であったゆえ、皆に慌てて止められたのだ」

「あんな奴には、もうひとつ喰《くら》わせてやればよいものを……、さぞ無念でございましたでしょう」

「いかにも、忘れてしまおうと思ったが、あの馬鹿が、おやさしかった寺田友蔵殿の跡を継いで納戸方の組頭になるなどとはとんでもないことだ」

「組頭という器量などまるで備っておらぬではありませんか……」

「まったくだ」

兵太は、勉三郎の怒りに押されて、腹立ちが悔しさに変わっていくのを覚えた。

そしてこれこそが、峡竜蔵と竹中庄太夫が考え、湯川仁左衛門に諮《はか》り生まれた一計であったのだ。

竜蔵が書庫方の面々を見廻して、誰よりも取り込み易いと見たのが室井兵太であった。

喧嘩でしくじったというが、泰平の世にあってどれだけの武士が喧嘩をしよう。

喧嘩っ早い男は剣術の勝負においては力みが出て、かえって不利になることが多いが、厳しい稽古に堪える気力は持ち合わせているものだ。何くそという怒りが猛稽古を耐え抜く力となり、猛稽古による自信が、喧嘩っ早さによる気の逸《はや》りを抑える。

竜蔵は一目見て、

「この男はうまく怒らせたら仕合に出る」

と見たのであった。

庄太夫にその意を含め、湯川に相談をさせたところ、彼は今日の合議へ自分の代わりに室井兵太を行かせるよう段取った。

湯川は、納戸方の組頭に納まった寺田仙太郎の様子を以前から気にかけていた。何かの折に兵太を納戸方へ遣わさねばならぬこともあろうが、その折にまた喧嘩になってはいけないからだ。

それをこの度は、竜蔵に〝怒らせるべし〟と言われ、勉三郎に策を与え送り出したのだが、兵太は見事に怒った。予《あらかじ》め納戸方には、世間話として、書庫方の仕合復帰を笑い話にして流しておいたから、皮肉屋の寺田仙太郎は、兵太をからかわずにいられなかったのだ。

「室井殿、あの組頭は恒例の仕合に出るつもりのようですぞ」

勉三郎は、兵太を乗せるのに余念がない。

「そのようだな。さして強うもないというに」

「こうなったら、仕合で叩きのめしてやればどうです。わたしも付き合います」

「仕合か……。だが、おれとおぬしだけではどうにもならぬ」

「どうにもならぬと言ってしまってはそれまでではござりませぬか！」

「おぬしが怒ることはあるまい！」

「まず我ら二人が動けば、他の人も変わるかもしれませぬ。このまま逃げるのですか」

「う〜む……！」

兵太は書庫の前で立ち止まり腕組みをして唸った。

しかし、紅潮したその顔には決意の色がありありと浮かび始めていた。

六

その翌日。

若月家恒例の仕合が近づいているということで、峡竜蔵は湯島の上屋敷へと出向き、特別な稽古を催した。

仕合に出ると決まっている組毎《ごと》に半刻ばかり稽古をさせて、これを見て指示を与え、家中の士を鍛えた。

この日は、長沼道場の師範代・中川裕一郎《なかがわゆういちろう》を同道していた。それゆえ時に立合を任せることが出来たので、外からじっくりと各組の陣容を把握することが出来た。

大番組から始まり、昼の休憩を挟み、最後の組である納戸組の稽古が終る頃は、日が傾きかけていた。

この稽古に、寺田仙太郎は颯爽《さっそう》と現れていた。納戸組の五人はほぼ決まっているようだ。

仙太郎と、彼の取巻きである納戸方の若侍が二人。あとは、武芸自慢の用人・園井槌右衛門配下の手附二人であるようだ。

用人手附は三人しかおらず、その内一人は四十絡《がら》みの年長者で仕合には出ない。それゆえこの二人を仕合に出すのは、園井配下ゆえの腕を買ったのかもしれぬが、多分に園井への気遣いに思える。

この辺りの世渡りの上手《うま》さを、仙太郎は持ち合わせているのだ。

だが、評判の剣術指南と見て、やたらと愛敬《あいきょう》をふりまいてくる寺田仙太郎を、竜蔵は冷ややかな目で見ていた。

剣の腕は悪くないが、ただただ行儀のよい剣で、仕合ではそこそこ勝てても、剣の奥儀には終生近付けないであろう〝気取り〟ばかりが見える腕前であった。

心は剣に出るというが、仙太郎の剣を見ているとその言葉がぴたりと当てはまる。

「いやいや、峡先生の前に出ると、畏れ多うて、手足が確と動きませぬ……」

今もそのように調子の好い言葉を口にして武芸場を出たのだが、すれ違い様に入って来た二人の剣士を見て彼は顔を歪《ゆが》めた。

「よし、この組をもって今日の稽古は終りといたそう」

竜蔵が声をかけた二人は、書庫方の室井兵太と野村勉三郎であったのだ。

「この組をもって……。まさかそのようなことが……」

仙太郎は驚きの声をあげた。

「今年はいよいよ我が書庫方がまた参戦することに相成り申した」

室井兵太が、食いつくような目を仙太郎に向けて言った。

「笑止な……。仕合は五人の勝敗をもって決するのだ。二人しかおらぬでは初めから負けは決まっている。参戦はできまい」

仙太郎は嘲笑うように応えた。しかし、兵太はさらにそれを嘲笑うように、

「今日の稽古に二人しか来ておらぬとて、五人集まらぬことにはなりますまい。要《い》ら

ぬ気遣いでござる」

言い捨てた。

「何だと……」

仙太郎は気色ばみ刺すような目を向けたが、

「家中の者同士、いがみ合うのはよろしくない。書庫組が加わるというなら、仕合の日を楽しみにしていると励ます。これが剣を志す者の心得でござろう」

竜蔵に窘《たしな》められて笑顔を取り繕い、

「先生の仰せの通りでござるな。納戸組の一員となった書庫方が、また組を成し競わねばならぬのは心苦しいが、かくなる上は、仕合の日が楽しみでござる。せいぜい励むがよい」

そう言い残して武芸場を去った。

「せめて納戸組には勝てるよう精進をいたすつもりにござる」

兵太はその背中に澄まして言葉を浴びせた。

その刹那、仙太郎の肩がぴくりと震えた。竜蔵の前ゆえ無言で去ったが、その腹の内は怒りで煮えくりかえっているのは明らかだ。

「言ってやりましたな……」

勉三郎が、兵太にニヤリと笑った。

「後は仕合に勝つだけだ」

兵太もこれに力強く応えると、竜蔵に深々と一礼した。

「先生のお蔭《かげ》で、何やら体が軽うなりました」

今日は稽古を始める前に、書庫に立ち寄った竜蔵であった。室井兵太が、寺田仙太郎を仕合において叩き伏せてやりたいと湯川奉行に訴えた、という報《しら》せを聞いてのことであった。

竜蔵は計画が見事にはまったとほくそ笑んで、兵太には怒りに任せて喋るよりゆったりと言葉を返した方が相手には応えるものだと教えていたのだ。

「あの者に遺恨《いこん》があるなら正々堂々と仕合で打ちのめしてやればよいのだ。おぬしならきっとできる」

竜蔵は兵太にしっかりと頷いた。

「ありがたいお言葉でござるが、先生はまだ一度も某の剣を……」

「見ておらずともわかるさ。こう見えても、おれは直心影流剣術師範なのだぞ」

「畏れ入りまする……」

「おれは若月家の剣術指南を請け負う身。いずれの肩も持たぬが、書庫方を武芸場に引きずり出す役目は担うている……。まず、よくぞここへ来てくれたな」

「余りの悔しさに参りましたが、あ奴に勝ちたい想いが沸々《ふつふつ》と湧いてきました」

「うむ、その意気だ。だが仕合に書庫組が出るには、少なくともあと一人いるが、他は誰も来なんだな」

「はい、困ったものでございます」

勉三郎が応えた。今日彼は、本多源内、小林八弥、高瀬松之丞に、仕合に出て我らの意地を家中に見せようではないかと誘った。

既に室井兵太がその意思を固めていると聞いて、三人は一様に怪訝《けげん》な顔をしたが、相変わらず源内は聞く耳を持たず、八弥と松之丞は、あれやこれやと理由をつけて、

「出たところで恥の上塗りになる」

と、これを拒んだのである。

兵太は腹を立てて、

「お前らはここで誰にも相手にされず、小馬鹿にされて暮らしていく気なのか。当り障りなくそっとしていれば、腹の立つこともなかろうと、今までおれは暮らしてきたが、もう我慢がならぬ。仕合に出て、おれ達を嘲笑う奴らを叩き伏せて、二度と太平楽を言えぬようにしてやりたい。あと一人いれば仕合には出られるのだ。立っている

だけでもいい、出てみぬか」

兵太はいつもの怒ったような口調で呼びかけたが、八弥と松之丞は沈黙を保ち、

「立っているだけ……。それなら案山子《かかし》でも置けばどうなのだ」

源内は吐き捨てるように言ったという。

「案山子でも置けばどうだ、か……」

話を聞いて竜蔵は失笑した。

兵太は怒り顔で、

「まったく頭にくる男です。それならお前は案山子にもなれぬ藁《わら》人形か、そう言ってやりました」

「さすがに怒ったか」

「いえ、それなら藁人形でよい、と」

「ふふ、喧嘩にもならぬか」

竜蔵は嘆息して、

「剣客の息子と聞いたゆえ、国表にいる頃はそれなりに剣の修行をしたはずだ。いざ仕合に出るとなれば、頼りになる男だと思うが、そこまで剣術嫌いとはな」

勉三郎は大きな相槌を打って、

「父親が剣客であったゆえ、人には言えぬ苦労をしたのでしょう……」

「どうだっていいことだ。とにかく、あんな性根の腐った奴を相手にしていても仕方がない。おれはもう誘わぬ」

室井は憤懣《ふんまん》やる方ない。

「といって、小林殿と高瀬殿が仕合に出るとも思えませぬが」

「いや、出させてみせる。どうでも出ぬと言うなら、目の前に抜身《ぬきみ》を突きつけてやる」

兵太は、打倒・寺田仙太郎への想いが高まり、かなり頭に血が昇っているようだ。

「ふふふ、ここであれこれ言っていても刻の無駄だ。まず書庫組の稽古をいたそう」

竜蔵は先ほどから、ぽかんとした表情で成り行きを見ていた中川裕一郎を目で促した。

「この場は四人で中身の濃い稽古が出来る……。よろしゅうござるな……」

裕一郎は頬笑んだ。

「書庫方の室井兵太にござる」

「同じく野村勉三郎にござりまする」

二人は引き締まった表情となり、深々と立礼をした。

「今日からがまた新たな始まりでござるな。この峡竜蔵は、毎日ここへ来ることはできぬゆえ、稽古の仕方など指南いたそう。いざ」

「ははッ！」

兵太と勉三郎は、持参した防具を身につけた。

兵太にとっては、書庫方に移って以来、まるで使っていなかったものである。

御長屋には若党と小者が一人いる。時折は小庭に出て、

「体が鈍《なま》っていかぬ……」

と、照れ隠しをしつつ木太刀で型の稽古をする主を見て、

「旦那《だんな》様はいつかまた励まれよう……」

そんな期待の言葉を囁《ささや》き合いつつ、彼らはそっと兵太の武具類を手入れし続けていた。

昨夜、久し振りに面、籠手《こて》を着けてみると、埃《ほこり》はなく、かび臭《くさ》さもないことに気付いた兵太は、涙を流して奉公人に詫《わ》びた。

世を拗《す》ねた主に仕えているのは、さぞ情けなかったであろうと思えたからだ。

短気で怒りっぽい兵太であるが、人の情には敏《さと》く、心やさしいところを持っている。

奉公人達の想いが込められた防具を身に着け、冷やりとした稽古場の床を踏みしめると、兵太の五体に武士の血が駆け巡った。

既に兵太の横には、面、籠手を着けた勉三郎がいて、彼の姿をうれしさいっぱいに見ていた。

竜蔵は自らも防具を着けながら、

――大変な役目を仰せつかったものだ。

つくづくと思っていた。

若月家の剣術指南を引き受けた途端、恒例の仕合の差配を任された上に、竜蔵にとって何の思い入れもない書庫方を仕合に出すよう、奥方に頼まれたのであるから尚《なお》さらだ。

首を突っ込むとついむきになって没頭してしまう性質は死ぬまで治らない。

そこを見越して、書庫方の意識改革を竜蔵に託した雪の方は巧みであった。取るに足らぬと言われている家中の一組に、ここまで目を向けているやさしさに感じ入るばかりであった。

「ならば立合と参ろう……」

竜蔵が進み出た時。

武芸場の出入り口から、人の声がした、ように思えた。

どうもか細い声である。

声のする方に目を向けんとするより先に、兵太と勉三郎が、

「何と……！」

「これは……！」

口々に叫んだ。

竜蔵は、武芸場の出入り口に不安気に立ち、

「おたの申します……」

と畏まる二人の武士を認めた。何と両人は、病弱の小林八弥と、のろまで背の高い高瀬松之丞であった。そして二人は竹刀袋と防具袋を持参していた。

「小林殿、高瀬殿……！」

勉三郎は二人の許《もと》に駆け出し、抱きつかんばかりに迎えた。

「仕合に、出てくださるのですね！」

八弥と松之丞は恥ずかしそうに、こっくりと頷いた。

「いったいどういう風の吹き回しなのだ」

兵太が怒ったように問うた。だが、その声は明らかに弾んでいる。

「あれから、毛利殿に言われたのでござる」

松之丞が決まり悪そうに言った。

「〝もうろく殿〟が？」

兵太は口を押さえ、

「毛利殿が何と？」

「本多源内は、案山子にもなれぬ藁人形でいいと言ったが、おぬし達もそれでよいのかと……」

松之丞が応えた。

決して詰《なじ》るわけでもなく、いつもの禄左衛門らしく飄々と言ったのがかえって二人の胸に突き刺さったという。

源内は藁人形でもよいと言い切れる学才もあれば、書庫方の暮らしをまっとうするだけの覚悟も窺える。

「それゆえ、藁人形でもよいという言葉には値打ちがあるが、おぬしらはどうだ。ただの藁人形となって、ここでの勤めに励めておるのかな」

訥々《とつとつ》と語られると、いても立ってもいられなくなり、黙って勉三郎と兵太を見ているわけにもいかなくなったというのだ。

「先生は人を見て法を説くと仰せになりました……」

八弥が消え入るような声で言った。

「それぞれの技量に合わせて稽古をつけてやる。きっと強くしてやろうと」

「いかにも申した」

竜蔵は一旦《いったん》被《かぶ》った面を外してやさしく応えた。

「我らのような者でも強くしてくださりまするか」

松之丞が続けた。

「武士に二言はない。よいかな、泰平の世にあっても武士は猛《たけ》き者であらねばならぬ。体が弱かろうが、動きが鈍かろうが、剣は取れる。技の遣いようできっと強くなる」

「真でござりまするか」

八弥の目が輝いた。

「とにかく竹刀を取れ。さもなくば何も始まらぬ。これで四人。まずは仕合に出られること、祝着に存ずる……」

竜蔵は四人を見廻してにこりと笑った。

七

その夜。

竜蔵は、江戸家老・村田典膳から宴の誘いを受けたが、中川裕一郎をこれに出席させ、自らは書庫奉行・湯川仁左衛門の招きに応じ、彼の御長屋で盃を酌《く》み交わした。

あの書庫組が久々に仕合に出るという噂はあっという間に広まり、

「さすがは峡殿、早くもその気にさせせましたな。書庫奉行にこの後どうすればよいか、しっかりと教えてやってくだされ」

村田も快く承知してくれたのだ。

「高瀬松之丞はともかく、小林八弥までが武芸場に行くとは思いもかけませなんだ」

湯川は竜蔵に礼を言うと、室井兵太の激情によって、またたく間に四人が集まったことに感じ入った。

「いや、某もこう上手くことが進むとは思いもかけませなんだが、恐らく皆、心の内で何かのきっかけを求めていたのでしょう」

「武士である自分を知らしめたいと……」

「いかにも。とはいえ、御役についていると、日々の暮らしに流されるものなのでござりましょうな」

「正しく某がそれでござる。組下の者が家中において嘲りを受けていると知りながら、役儀に流され、そのきっかけを与えてやることができなんだ。真にお恥ずかしい限りでござる」

湯川は一言一言を噛みしめるように言った。

「御奉行に責めはござらぬかと……。武士であらんとするのはそれぞれの心がけでござる」

竜蔵は労《いたわ》るように言うと、

「〝もうろく殿〟も、心の内に熱いものを抱えていたのでござるな」

と笑った。

「ははは、某もいささか驚いております。何事も達観して、人にあれこれと余計な口を利いたことのない毛利禄左衛門が、若い者を叱りつけたとは」

湯川はほのぼのとして頷いたがすぐに真顔となり、

「さてこれからが大変でござるな」

「いかにもこれからでござる……」

竜蔵は溜息《ためいき》をついた。

八弥、松之丞は太刀捌きがまるでなっていないし、久し振りに防具を着けた兵太も、仕合で勝つにはほど遠い。

勉三郎には期待出来るが、四人では初めからひとつ不戦敗を喫する仕合が続く。

ここはやはり、あと一人、本多源内の参戦を待つしかないが、湯川の話では四人までもが仕合に出る意思を固めたというのに、源内は相変わらず書庫方の勤めに徹していて、見向きもしないらしい。

ある意味では己が信念を貫き、人に流されないのは立派というしかないが、ここまできたら、源内を仕合に出して隠された剣才を確かめてみたいし、剣客の息子が何ゆえあって剣術嫌いになったか知りたくなる。

我が子鹿之助もいつか剣術嫌いになるのであろうか。そう思うと他人事《ひとごと》ではないのだ。

若月家の恒例仕合に加えて、三田の峡道場のこと、身内のこと、己が修練のこと——。

あれこれ思いを巡らせると、若い頃とは比べようもないほどに、問題が山積している。

——四十にして惑わず、か。

むしろ惑いの海に浸っているような気さえするが、

「まずは書庫奉行殿、おめでとうござりまする……」

竜蔵は盃を掲げると、あらゆる気がかりを酒に浮かべ、一息に飲み干したのである。

第三話　五人戦

一

　羽州若月家の恒例仕合に、〝書庫組〟が復活出場することが決まり、しばらく家中《かちゆう》では賛否が渦巻《うずま》いた。

「峡先生が連中を発奮させられたようだが、よいことではないか」

「腕はたかがしれていようが、武士の本分を思い出したのは近頃心地がよい」

「我らも負けてはおられぬな……」

　などと好意的に見る者もあるし、

「峡先生は御家《おいえ》の剣術師南だ。あんな連中に肩入れする間があれば、我らに稽古《けいこ》をつけてもらいたいものだ」

「ただでさえ弱いと申すに、四人しか揃《そろ》うておらぬそうな」

「今さら出たとて邪魔になるだけではないか」

それがどうしたのだと否定的な声をあげる者もいた。

どちらかというと、後者の数の方が多かったのであるが、当主・若月左衛門尉が書庫組出場を耳にして、

「よくぞ名乗りをあげた。峡先生には、念入りに鍛《きた》えてやってもらいたいものじゃのう」

手放しで喜んだと聞くと、悪《あ》し様《ざま》に言い立てる者はいなくなり、こうなれば、書庫組の四人には誰《だれ》一人負けることがないようにと、各々の組に気合が入った。

それもまた、左衛門尉が雪の方と語らって見越した筋書《すじがき》であったとすれば、真《まこと》に抜け目のない殿様と奥方様である。

峡竜蔵は、最早《もはや》若月家の行事にどっぷりと浸《つか》ってしまっていて、

――雪の方様にはしてやられた。

と、苦笑いを禁じえないが、どうしようもないと言われていた書庫組に、念願の一勝をあげさせてやりたい――その気持ちは日毎《ひごと》高まりをみせていた。

とはいえ、書庫組ばかりに稽古をつけていられないので、若月家上屋敷へ出向くと、ほぼ一日中武芸場に居続けねばならなくなってしまう。

雪の方はそれを気遣い、奥用人・久保田又四郎を通じて、あくまでも三田の道場を

疎《おろそ》かにしてくれるな、師範代を送り込んでくれてもよいし、無理のないように願いたいと竜蔵に伝えた。

それが左衛門尉の意思であると言うのだ。

竜蔵はその厚情を受け、自分の代わりに神森新吾を送ってみたり、剣友・中川裕一郎に頼んだりして調整したものの、やはり人任せには出来ず、三日にあげず出稽古を務めた。

しかし、書庫組の一勝への道はなかなかに厳しかった。

書庫組の四人は、野村勉三郎、室井兵太、小林八弥、高瀬松之丞。

この中で勝利を期待出来るのは勉三郎と兵太だけである。

勉三郎は国表《くにおもて》で勘定奉行を務める家の嫡男《ちゃくなん》らしく、一通りの剣技は身につけている。

兵太もかつては大番組にいた番方の武士であるから、戦いというものを知っている。

それでも仕合となれば、相手もそれなりに選ばれた者が出てくるわけであるから、楽に勝たせてはくれまい。

勉三郎は行儀の好《よ》い剣術で、好い立合は出来ても、太刀筋が素直なだけに仕合になれば一本を取られ易《やす》かろう。

兵太も、数年にわたる剣士としての空白が、彼に重くのしかかっていて、ここ一番でしっかりと技を決められる勝負勘《かん》はまだ戻っていない。

そして、何とかこの二人が勝ったとしても、五人戦に勝利するためには、あと一勝しなければならないのだ。

八弥か松之丞か——。

稽古をつけてみると、いずれも仕合に勝つのは至難のわざに思えてくる。

八弥は子供の頃《ころ》に虚弱であったゆえ、いつの間にか武芸が免除されていたきらいがある。

小林家には八弥の他に子が無く、何とか生きていてもらいたいという、形振《なりふ》り構わぬ母親の愛情と、家の存続を願い、息子を学問に導いた父の努力が実を結んだといえよう。

八弥自身、何かというと熱を出す身を憂い、せめて主君の御役に立たねばならぬという想《おも》いを募らせ学問に打ち込んだから、その熱意が評されて、

「小林八弥は刀槍《とうそう》を取らずとも、筆をとっておればよいのだ」

家中ではそのように扱われるようになったのだ。

御主の恩、親の恩を果すには、余計なことはせず、筆一本で生きていこう。そう思って二十六になる今まで過ごしてきたが、二親を亡くし、家督を継ぐと、すぐに妻と

の間に二男を儲《もう》けることが出来た。しかも二人とも妻に似たか真に健やかであった。

そうなると八弥の心境に変化が起こり始めた。主君・若月左衛門尉様は、慈愛に充《み》ちた名君である。男子二人を生《な》せば、明日自分が死んだとてしかるべき処置を施し、小林の家は存続させてくださるであろう。

しかも御主は武芸を奨励されているのだ。自分も人並に、いざとなれば腰に帯びた刀を遣える武士でありたい――。

だが心で思っても、大きなきっかけがないと、その想いは口に出すのも恥ずかしかった。それゆえこの度も、仕合に出る好機であったものの、恒例の仕合にいきなり出る勇気がなく、しばしためらいをみせていた。

それが、思わぬ峡竜蔵の迫力と、世捨て人のごとく思っていた毛利禄左衛門からの叱責《しっせき》で、やっとふん切りがついた。

〝人を見て法を説く〟の理をもって剣術指南をしてやるという、竜蔵の言葉にこの身を託そうとしたのだ。

だからといって、今まで動かさなかった体は急に動いてはくれなかった。竹刀を振るのも、打ち込むのも、頭ではわかるのだが、手と足がばらばらの動きをしてしまう。

「何事も、思い込みが招いた不覚と思え」

竜蔵は八弥を叱《しか》りつけた。

体が弱いからといっても、人は次第に体質が変わってくるものだ。少しずつでも武芸を怠らずに続けていれば、強い体に変わっていたかもしれないというのだ。

――そうかもしれなかった。

後悔するも時既《すで》に遅く、やっと立合の真似事《まねごと》が出来るようになったとはいえ、二月ばかりの稽古では、相手にとって八弥を倒すことなど、赤児《あかご》の手をひねるようなものであろう。

それは高瀬松之丞も同じである。

身の丈六尺を超える男となれば、武においては他を圧倒するはずである。ところが、松之丞は横に肉がつかず、縦ばかりに大きくなったものだから、まるで案山子《かかし》のごとく迫力がない。

動きや身のこなしも、取り立ててのろまとも思えないが、やたらと背が高いので、他人からはどうもぎこちなく見えてしまうのだ。

「奴《やつ》が竹刀を振ると天井につかえる」

などと、真しやかに言い立てる者が現れたりして、松之丞は何をしてもからかいの対象になった。

親の代からの近習組であったが、殿様のお傍《そば》近くに仕える者が、こんなに目立ってはどうしようもない。

そんな声も出始めて、松之丞の父は、息子が高瀬の家を継いだ後は、目立たぬところに御役替えをしてやってもらいたいと願い出たという。

父親の目から見ても、松之丞は目立ちはすれど、これといった特技がなく、万事動作も鈍く見えたのであろう。

小林八弥と同じく、家を存続させるには、愚鈍《ぐどん》でも松之丞一人しか男子はなかったから、無難な道を歩ませたかったことと思われる。

この時、松之丞も大いに反発すればよかったのであるが、元より気の弱い彼は、あれこれ争いを好まず、書庫方で細々と宮仕えを続ける道に安住したのである。

ところが思わぬ小林八弥の恒例仕合への参戦で、これは自分も出ぬと、ますます人に馬鹿にされると思い立ち、一念発起して仕合に出ることにしたのだ。

松之丞と八弥は、程度の低い好敵手なのだが、彼もまた余りにも武芸を避け過ぎた。

八弥と同じく、剣術にならない。

背が高いゆえ、相手と向き合うとつい猫背になり、長い手足にまとまりはなく、ばたばたを繰り返すばかりであった。

〝人を見て法を説く〟とはいえ、この二人にどの法を説けば好いのか、竜蔵もさすがにお手上げの状態であった。

しかし、強くしてやると言った手前投げ出すわけにもいかず、

「八殿も松殿もまず下地を拵《こしら》えるのが先だ」

などと言って、今は励ましている状態なのだ。

神森新吾と中川裕一郎に問うても、

「あの二人を勝たせるのは難しゅうございます……」

溜息《ためいき》交じりの応《こた》えが返ってくるばかりで、真に頭の痛い話であった。

おまけに、八弥と松之丞がいかに稽古をしているのかに興をそそられた家中の士達が、書庫組の稽古を覗《のぞ》きに来るようになり、納戸組の寺田仙太郎などは、

「下手な見世物よりもおもしろい」

と、陰でおもしろおかしく言い立てるので、室井兵太はそれを耳にする度に、

「おのれ、見ておれ……」

と怒りを募らせ、竜蔵がおらぬ時は、

「おぬしらもしっかりせい！」

八弥と松之丞に怒り出す始末。

これでは組内がまとまるはずもない。

「まあ、そのように熱くなっても仕方がありません。小林殿と高瀬殿がいてくださらぬと、仕合にならぬのですから……」

野村勉三郎が懸命に宥《なだ》めて、

「そうであったな。すまぬ……！」

兵太が怒ったように謝まる光景が何度も見られた。

とはいえ、いがみ合いつつも、仕合で共に戦う仲間という意識は次第に生まれてきて、勉三郎が八弥を、兵太が松之丞を熱心に教えるようになった。

日頃の書庫方の勤めでは思いもかけなかった同僚同士の触れ合いである。

「うむ、仕合に出る意義が、それだけでもあったというものじゃ」

書庫奉行・湯川仁左衛門はこれを喜び、〝もうろく殿〟こと毛利禄左衛門も、若い同僚の奮闘を温かく見守っていた。

そのような中にあっても、やはり本多源内だけは頑《がん》として、稽古に背を向けていた。

「ようも一人だけのうのうとしていられるものだ……」

兵太は憤り、源内は書庫方にあって、一人浮いた存在になっていた。

一度だけ、竜蔵が書庫組に稽古をつけている時、武芸場に顔を出したことがあった。

一同は、

「すわ、本多源内も参戦か」

と、期待の目を向けたが、

「新たな書物が届きましたぞ」

源内は、それだけ言い置くと去っていった。

自分と〝もうろく殿〟だけでは手が足りぬ、我らの本分は書庫の整理であると言いたげで、

「おのれ、嫌みな奴め！」

兵太はまたも激怒したが、

「あの男も満更ではない……」

竜蔵はほくそ笑んでいた。源内の気性からすると、人手があろうがなかろうが、自分の出来る分だけを淡々とこなすはずである。

それが武芸場に顔を出したのだ。やはり気にはなっているようだ。

「それだけは確かだ」

竜蔵は、本多源内の参戦を諦《あきら》めてはいなかった。四人の剣士を鍛えつつ、湯川奉行と日々策を練っていたのである。

「さて、技の稽古をさらえて、今日は仕舞にいたそう」

この日も、日が陰ってきた。余裕をもって稽古をつけてやりたいがため、書庫組の稽古はいつも最後にしていた。

さすがの峡竜蔵も、三田から遠く離れた若月家の上屋敷で迎える日暮れは物哀《ものがな》しい。

剣術師南とはいえ、あくまでも出稽古としていたが、

「仕合が済むまでは、時にどこぞへ泊めてもらおうか」

そのような気になってくる。

この年は閏年《うるうどし》で、三月の仕合まで二月ばかりある。

弱小な書庫組の指導には甚《はなは》だ短かい稽古期間ではあるが、行ったり来たりの竜蔵にとっては長丁場なのだ。

「いや、待てよ……。そうか、そういう手もあったか……」

あっという間に薄暗くなる武芸場で、竜蔵はあることに思いいたった。

「うむ、よいかもしれぬな……」

独《ひと》り言《ご》ちた時、足をもつれさせた高瀬松之丞が派手に転んだ。

「書庫方へ来てまで、何ゆえ剣をとらねばならぬのだ」

二

本多源内は溜息をついた。

この日、彼は宿直の番であった。

夜通し書に触れていられるゆえ、源内には楽しみの日であるのだが、今宵はどうも心が落ち着かなかった。このところの屋敷内での剣術狂いにうんざりとしていたのだ。

生まれた時から、源内は木太刀、竹刀を手にしていた。というより父によって握らされていた、というべきか。

物心ついた時には、日々苦しい稽古を課されていた。何やらわけがわからずに武芸を身につけていく自分は、

「まるで猿廻《さるまわ》しの猿ではないか」

今となればそう思う。

父・鉄斎もまた、源内の祖父にそのように仕込まれて成人した。

本多家は、祖父の代に陸奥《むつ》・福島の大名、板倉《いたくら》家を致仕し、浪人となった。

剣客を目指す祖父にとって、宮仕えは窮屈であったようだ。諸国行脚の後、一刀流

各派を学び会津《あいづ》城下にて道場を開いた。

これが評判を呼び、やがて祖父亡き後、鉄斎が、羽州若月家に剣術指南として迎えられ五十石《こく》を給された。

城下に道場を開き、自儘《じまま》に剣術修行することを許されていたので、世継である源内には厳しく剣術を教え込んだのである。

鉄斎にしてみれば、父から子へ、子から孫へと続く剣術の系譜をなぞったのに過ぎないのかもしれない。

だが、本多家は若月家の臣下となったのだ。主家に仕えるのに、剣術指南の道しかないとはいえまい。

主君、左衛門尉に目通りが叶《かな》った時、源内は、意を決して、

「ひたすら学問に生きてみとうござりまする」

と、申し上げた。

ちょうど江戸上屋敷で、書庫方に相応《ふさわ》しい家士を求めている時で、源内はこれを願ったのだ。

左衛門尉は驚いたが、源内の学問への造詣《ぞうけい》は剣術以上だと聞き及んでいた。

本多鉄斎はまだ壮健であるから、剣術指南をこのまましばらくは託せられる。それ

に、この時の本多父子には知る由もなかったが、左衛門尉は雪の方の提言で、直心影流の新鋭・峡竜蔵を、そのうちに江戸屋敷での剣術指南に迎えるつもりでいた。

ゆえに、源内が余り人気がない書庫方に行きたいと望む姿を、

「おもしろい奴じゃ」

と見て許したのだ。

一徹者《いってつもの》で、融通は利かぬが、剣を求める姿勢は誰からも認められていた鉄斎である。家中の者は、源内を鉄斎の許《もと》に止めおき、武芸者として御家のために忠勤をさせる方がよいのではないかと左衛門尉に具申したが、

「鉄斎は鉄斎、源内は源内である……」

息子が親の跡を継ぐ気がないのにはそれなりの理由があるのであろうし、また源内が鉄斎ほどの武芸者になるかどうかはわからぬものだと、源内を定府《じょうふ》にしたのだ。

そして、源内には新たな禄《ろく》をとらそうと言ったが、鉄斎は手塩にかけて仕込んだ息子に背かれて意気消沈したか、自分に与えられた五十石を息子に継がせて、自らは隠居となり、城下の道場に入りたいと申し出た。

いかにも鉄斎らしい物言いに、左衛門尉は、

「この後も剣術指南として、時に城中の武芸場への出稽古を務め、道場においては家

中の者が入門いたさばよしなに頼むぞ」

と、念を押したのだ。

主君のお声がかりで、父子それぞれの道を歩むなどとは異例のことである。

鉄斎、源内共に左衛門尉の恩を噛《か》みしめ、源内は特に書庫方一筋に励んだ。

江戸へ来たばかりの頃は、鉄斎を知る家中の者が、源内がどれほど剣を遣うのか知りたがったが、幸いにも書庫方は恒例の仕合にも出なくなっていたので、源内は一切の武芸場への誘いを断って書物に埋もれて暮らした。

かつての書庫組は納戸組に統合されていたので、恒例仕合に誘う声もあったが、

「いかぬ。あれはよほどの剣術嫌いじゃ」

「親父《おやじ》殿から大変な目に遭わされてきたのであろうよ」

「変わり者は放《ほう》っておけばよい」

すぐに諦めて、そのうちに源内が剣客の息子であることすら忘れられるようになった。

源内には幸いであったのだ。

武芸大会は国表でも毎年開かれていたが、江戸表でもその騒がしさは大変なものであった。

だが国表では剣術指南役の息子ゆえ、仕合に出ることはなかったし、江戸に来てからは、ひたすら書庫に籠《こも》ってやり過ごせた。

――ここにいる限り、剣とは無縁でいられたものを。

それが、何がどうなったのか、峡竜蔵という指南役が現れてから、小林八弥、高瀬松之丞など、大よそ剣術とは無縁であった者まで仕合に出ることになった。

しかも、その数は五人に一人足らぬ四人。

自《おの》ずと源内に期待がかかるようになってくる。これを拒《こば》めば、

「何ゆえおぬしは出ようとせぬのだ」

非難の目が向けられる。

――まったく迷惑な話だ。

詰所で一人、新書を眺めていた源内はごろりと横になった。

屋敷内はしんとして静まりかえっている。

ぼんやりと灯《とも》る行燈《あんどん》の明かりを見つめると、あれこれ想いが押し寄せてくる。

――何と言われようが、おれの気持ちは変わらぬぞ。

ひたすらに学問を極めることが、自分の務めであり、主君も認めてくれているところなのだ。

武士の務めは命を賭《と》することではないか。

それは武に生きることだけではないはずだ。

泰平の世にあっては、学問を命がけで修得する想いを持ち続ける方が、主君への忠誠として正しいのだと、源内は信じている。

四書五経は言うに及ばず、算学、農学、医術、蘭学にいたるまで、あらゆる知識を持つ者――。

それこそが、御家の役に立つ臣ではあるまいか。

――その想いは変わらぬし、自分に問うてみても、務めを疎かにしたことは一度たりともない。

それを思えば、自分が剣術の仕合に出る謂《いわ》れなどないではないか。

室井兵太はそれを責めるが、兵太は納戸方の寺田仙太郎への遺恨があって仕合に出るのだ。勝手にすればよい。稽古に付き合って、学問をする間を削られては堪《たま》らない。

自分には何も後ろめたいものはないのである。

とはいうものの。

源内はどうも落ち着かなかった。

書庫方に漂う〝気〟が、このところ明らかに変わってきているのだ。

それは同僚達が剣術に目覚めたからに他ならない。特に小林八弥、高瀬松之丞の顔付きや、言動などが激変した。頼りなさそうな、どこか怯《おび》えたような表情は引き締まり、か細い声も今でははきはきとしてきた。

奴らは奴らだと思ってみても、僅《わず》か数日の間にあの軟弱者二人の心を捉《とら》えた峡竜蔵という剣客はいったいどういう男なのだろうか。何ともそれが気になる。

父・鉄斎は、絵にかいたような武芸者であった。日々剣を求道《ぐどう》し厳格で、押さえ付けてでも言うことを聞かすぞという迫力をもって息子に接した。

源内は父が恐ろしかった。自分の感情までも支配され、型にはめられるのではないかとさえ思った。そして見廻《みまわ》せば、武芸者、剣客という者達は皆、鉄斎に似ていた。

それが、あの峡竜蔵に会った時、その意識がずたずたに引き裂かれた。滅法強いのは、物腰を見ればわかる。ところが、この剣客には父・鉄斎とはまるで違う〝おかしみ〟が漂っていた。

稽古をせぬかと言う言葉が、まるで遊山《ゆさん》に誘うような響きをもって聞こえてくる。こんな剣客に会うのは初めてであった。

鉄斎を通してしか剣術の世界に触れてこなかった自分が、井の中の蛙《かわず》であったのかもしれない。そう思うと、一切関《かか》わらずにおこうと心に決めていたのに、知らず知らずに足は武芸場に向いていた。峡竜蔵がどのような稽古をつけているか、それが見たくて堪らなくなったのだ。

武者窓からそっと窺《うかが》い見ると驚いた。竹刀を揮《ふる》う竜蔵の姿は、何とも楽しそうではないか。

「八も松も、それではからくり人形だろう！」

かける言葉もおもしろく、稽古をつけられている者が浮き立っていた。

それでいて、間延びや弛《たる》みは一切見受けられず、和やかな中に恐ろしく張り詰めた緊張が漂っている。

野村勉三郎に覗き見ている姿を捉えられ、

「新たな書物が届きましたぞ」

と、その場は言い繕《つくろ》ったが、気付かれねば、しばらく見入っていたに違いない。

――だからといってどうなのだ。

書庫方での勤めを控えつつ、剣術稽古に時を費やしてよいものか。自ら主君に願い出て江戸に出たのだ。寝ても覚めても書物の海の中に浸っているのが本分ではないか。

よしと起き上がった時であった。庭の方からことりと音がした。

――野良猫でも舞い込んだか。

庭に面した廊下には雨戸が閉められていた。中へ入って来て、書物に悪戯《いたずら》することもなかろう。

詰所から書庫に続く出入口にも、今はしっかりと鉄扉《てっぴ》が閉じられてあった。

書庫方の宿直で何より大事なのは火の用心であった。

だが、湯を沸かしたりするための火種さえも、執務が終ると落してある。

今、火の元といえば、この部屋の行燈だけであった。

外は番方の連中が巡回をしている。何《いず》れか近い大名屋敷に火事が起これば、触れが回るはずである。

源内は再び文机《ふづくえ》の上に並べた新書を眺めた。朝まで誰にも邪魔されず何冊読めるであろう。

行燈を引き寄せ、天文書をめくってみたがやはり落ち着かない。

――何か気配を覚える。

それは障子戸の向こうからした。雨戸と障子戸の間を通る廊下がどうも怪しい。

――まさか。

賊などが忍び入るはずがなかった。この書庫は蔵には見えぬ長屋の造りの中に拵えてある上に、貴重な物は置いてあるが、金目の物とは言い難い。

若月家の士風は剛直と知れ渡っている。塀を越え、庭をすり抜け、ここまで来る物好きはいまい。

そう思いつつも、源内は知らず知らずのうちに太刀を引き寄せていた。やはり妙な殺気らしきものが漂っているのだ。

すると、その刹那《せつな》、障子戸ががらりと開いて、黒い影が恐ろしい勢いで源内に迫《せま》って来たかと思うと、白刃を一閃《いっせん》させた。

「うむッ！」

曲者《くせもの》の突然の来襲に、源内は咄嗟《とっさ》に抜き合わせた。

ガチッと刃がぶつかり合う音と共に火花が散った。源内は曲者の繰り出した一刀を見事に払いのけていたのである。

源内はさらに身を低くして、黒い影に対して脇構《わきがま》えをとった。

すると、あろうことか、

「ははは、お見事……」

影はにこやかに笑うと納刀して行燈に己が顔を照らしてみせた。

「何と貴殿は……」

「お手並拝見に参った峡竜蔵でござるよ。いやいや大したものだ。座敷内で刀を振り回さず、今は身を低くして脇構えからすくい上げて斬《き》ろうというところだな」

突如現れた峡竜蔵は感心しながら一気に語りかけた。

「これも剣術指南のひとつですか……」

源内はむっとしながら納刀した。

「うむ、まずそんなところでござるな」

竜蔵は悪びれずに応えた。

「馬鹿な……。危うく斬られるところだ……」

「何の峰打ちじゃよ。こちらこそ、真剣で斬りつけられたのだ。命がけでござるぞ」

「わたしを試さんとてこんな時分まで……」

「左様、御奉行の御長屋で刻《とき》を潰したが、なかなかに退屈でござった」

竜蔵は高らかに笑うと、その場にどっかと座り、腰に吊《つる》していた瓢簞《ひょうたん》を床に置き、懐《ふところ》からするめを取り出した。

「酒を持参した。茶碗《ちゃわん》はないか」

「台所にござりまするが……」

「おぬしの分と二つ頼む」

「いや、わたしは……」

「お務めの最中だと言いたいのか。構わぬ構わぬ、某《それがし》も付き合う。腕利きが二人いるのだ。少々酒が入ったとて何ということもなかろう」

「とにかく取って参りまする……」

わけのわからぬまま、源内は手燭《てしょく》を掲げ台所に向かった。

「ほう、これはまたなかなかに難しそうな書物ばかりだな！」

その背中に竜蔵の野太い声が浴びせられる。

――まったく何という男だ。

茶碗二つを手に取って詰所へ戻ると、竜蔵はするめを裂いて、これを懐紙に盛っていた。

その姿は悪童のようでもあり、世馴《よな》れた和尚のような味わいもある。

「おお、忝《かたじけな》い……」

竜蔵は二つの茶碗に瓢箪の酒を注《つ》ぐと、するめをかじりながら早速一杯やりだした。

源内はそれらに手を付けず、つくづくとこの不思議な剣客を見つめた。何年振りかに刀を抜かされたが、何故《なぜ》か腹が立たなかった。

「それにしても、体に染み込んだ術《わざ》というものは大したものだな。あれだけ刀を遣えればいうことはない」

竜蔵はしみじみとして言った。この男の剣を目覚めさせるのには、こんな方法しかないと思い立ち、湯川奉行の許しを得て忍び込んだのだが、本多源内の腕のほどは思った以上で、心打たれたのだ。

「どうあってもわたしを仕合に出そうというのですか」

源内は静かに問うた。もうこの指南役には自分の手の内を読まれたであろう。そう考えると少し気が楽になっていた。

「当り前だ。五人揃っていながら四人で戦わねばならぬ同僚の気持ちになってみろ」

酒も入り竜蔵の口調もくだけてきた。

「何も今さら書庫組を復活させずともよいではありませんか」

「書庫組の復活を誰よりも望んでおられるのはお殿様なのだぞ」

「殿が……」

「このままでは、書庫方は使い途《みち》のない家来の寄せどころになってしまうのではないか。それを案じられておいでなのだよ」

「仕合に出れば周りの者達が我らを見る目も変わるとお思いなのですか」

「負けが続いたからといって引っ込んでいるよりはましだ」

「書庫方の名誉は、わたしが学問を積むことで上げてみせます。何と言っても、ここにいればあらゆる書物に触れていられるのです。わたしが学才を上げて、殿の御役に立つようになれば、自ずと皆が書庫方を見る目も変わるというもの……」

「だからあの四人がどうなろうが知らぬ顔で、本に埋もれていればいいというのか」

「それは……、主命というならば話は違いますが、殿はわたしにただ書庫方で学問に努めよと仰せになられたのです」

「ここのお殿様は、何事も主命で押さえつけるような野暮を嫌う、真にありがたい御方だ。だがきっと胸の内では、おぬしが自分の剣を取り戻すことをお望みなのだとおれは思う」

「自分の剣を取り戻す……」

「そうだ。おぬしは父のようになりたくない。それゆえ、剣術の稽古をすることで、父親に叩《たた》き込まれた技が自ずと出て、剣士としての血が騒ぐのを恐れているのであろう」

「わたしは……」

源内は言葉に詰《つま》った。竜蔵の言うことは、正しく源内が剣術を避ける本質を衝《つ》いていたのである。

「まあ飲むがいい。夜は長い。どれだけ刻をかけてもよいから、おぬしが剣術を避ける本当の理由を話してくれぬか。おぬしは剣術が嫌いではないのであろう。親父殿のようになりとうないゆえ、剣術を避けるのであろう。そうではないのか」

源内は押し黙ったが、竜蔵が注いだ酒にやっとのことで口をつけた。

大変な剣術指南役が現れたものだと嘆きつつ、この男だけは自分の苦悩をわかってくれるのではないかと源内は次第に思い始めていた。

「わたしは……、わたしは父のような男だけにはなりとうござりませぬ。だが、わたしの体の内には祖父の代からの剣客の血が流れております。それゆえ、剣術を封印しているのでござる……」

源内はついに語り始めた。

三

剣に生きてきた本多鉄斎が妻《めと》を娶り子を生したのは、本多一刀流の血脈を残さんがため、ただそれだけであったのだと源内は思っている。

父から受け継いだ剣を己が代で改良を加え、さらに息子に託す。

「とどのつまり父は母を、息子を産む道具として見ていたのです」

「道具というのは情《じょう》のない言い方ではないか。およそ武士というものは、父から受け継いだ家を息子に託すのを本分としている。息子を儲けたいがゆえに妻を娶るのは、皆同じことだと思うがな」

竜蔵は話を聞いてすかさず応えた。

「おぬしの親父殿とて、息子を授かりたくて妻を娶ったには違いなかろうが、妻女を道具などとは思っておらなんだはずだ」

武家に限らず、惚《ほ》れ合って夫婦になることは町場でも多くはない。親であったり、身内であったり、恩ある人の取りもちで身分相応の男女が一緒になる。それが常のことなのだ。だが、長く共に暮らせば情も出る。子が出来ればそれが鎹《かすがい》となって、他人であった二人の血が通うものだ。

母を道具としか見ていなかったなどと言うのは、父のみならず母までも侮蔑《ぶべつ》することになるのだと竜蔵は源内を窘《たしな》めたのだ。

「峡先生が仰せになるのは、まともな血の通った男が妻に持つ心でござりましょう」

「親父殿は、鉄斎先生はそうではないと……」

「はい。剣に凝り固まると、人は血も涙もなくなるようでござる……」

源内の母は利津《りつ》といった。

父・鉄斎の剣友の妹で、小太刀の名手であった。そういう女《ひと》であったゆえ、自ずと武芸者に嫁ぐことを望んだ。

利津が知る剣士の中で際立って強いのが本多鉄斎で、利津は密《ひそ》かに畏敬《いけい》の念を抱いていたし、鉄斎は利津の小太刀の筋のよさを見て、これならば生まれてくる子にも期待がもてそうだと考えたようだ。

「人となりよりも、剣術に対する勘のよさを気に入ったのでしょう」

そして、利津ならば剣客がどのような人生を歩むか、よく心得ていると安心していたのだと源内は言う。

ただの一度も、父が母に労《いたわ》りや慈《いつく》しみの言葉をかけたところを見たことがなかった。

母が源内のために拵えた稽古着も、鉄斎が気に入らねばその場で雑巾《ぞうきん》になった。

鉄斎は息子の教育については、利津の言を一切聞き入れず、余計なことを言うなと叱責した。

夏の炎天下で、幼い我が子に一日中木太刀を振らせる様子を見て、源内にそっと水を飲ませた利津を平手打ちにしたこともあった。

父は鬼のように厳しく、

「このくらいのことで命を落としてしまうなら、そんな弱い男は死んでしまえばよいのだ」

というのが口癖であった。

それだけに利津は、いつも源内に対してやさしかった。

余りの激しい稽古に気を失った源内を、折檻《せっかん》覚悟で夫の手から奪い取り、看病をしてくれたこともあった。

源内だけではなく、鉄斎の門人達の面倒もよく見た。

内弟子達が家事全般を行うとはいえ、その差配から夫と子供の世話にいたるまで、息つく暇もなかったであろう。

「父上はそなたに強くなってもらいたいと思うからこそ、きつい仕打ちをなさるのです。何があっても父上を信じて大人になるのですよ。いつかきっとありがたみを知りましょうゆえ……」

そして利津は源内にいつもこう言った。

剣客の妻として、武士の母として、申し分のない人であったと源内は思う。

その母・利津が亡くなったのは、源内が二十歳の時であった。

その一年前に鉄斎は、若月家の剣術指南役として迎えられ、会津の道場をたたみ、羽州鷹杉《たかすぎ》城へと入った。利津も源内もこれに従い、若月家家中の者として暮らし始めていた。

慣れぬ地での暮らしであったが、剣一筋で方便《たつき》を立てていた頃と違い、大名家の禄を食《は》む身には安定があり、利津は源内の将来も明るいと、大いに喜んだものであった。

この頃になると源内の剣技も相当なものになっていて、若月左衛門尉の御前では父子で演武を行い、その腕を認められていたから、その喜びも一入《ひとしお》であったのだ。

しかし、鉄斎は源内を若月家中の士と立合せることを避けた。

立合ったところで、源内を打ち負かすほどの剣士はほとんどいなかった。武士の嗜《たしな》みとして武芸を習う者に勝ったとて当り前で、自分の強さに驕《おご》ってはいけないと思ったからである。

それゆえ、鉄斎は自らが相手をするか、内弟子として寄宿する者と立合せるか、また諸国行脚に連れていくかによって、源内に修行を積ませた。

一年が過ぎ、鉄斎、源内父子に落ち着きが出た。鉄斎の厳格さは相変わらずであったが、〝鉄は熱い内に打つ〟ような息子への稽古には区切りがついたゆえに、大人同士の剣の修行の静けさが生まれたのだ。

そうして源内が二十歳になった時、鉄斎は若月家所領の飛地に源内を連れて赴《おもむ》いた。

三千石ばかりの飛地は野州にあり、ここには代官所が置かれていて、その手附《てつき》、手代への武芸指南に加えて、郷士として認めている半農の武士の中に、剣術に秀でた者はおらぬか検分する役目であった。

源内は気が進まなかった。その頃、母・利津の体の具合が思わしくなかったからである。

飛地の稽古も腕自慢の発掘も、鉄斎一人で用が足りる。留守を預りたいと源内は願い出たが鉄斎は許さなかった。

飛地での仕事の後、宇都宮城下で一刀流の道場を諸所訪ねることになっていたからだ。

「そこでの稽古が、お前の糧《かて》になろう」

と言って、当初の予定を一日も減らすことなく廻ったのである。

「そして、帰ってみれば、母は骨になっておりました」

源内は絞り出すように述懐《じゅつかい》した。さすがにやり切れぬのか、この時ばかりは茶碗の酒を呷《あお》った。

「しかも、父は旅の間に国表から母の病状を報《しら》されていたのです。母が死にそうになっていると知りながら、父は宇都宮行きを取り止《や》めもせず、巡る道場の数を減らしもせず、せめて息子だけでも看取ることができたかもしれぬのに、わたしを先に帰そうともしなかった……。そうして屋敷へ帰れば、母の遺骨に手も合わさずに登城をして……。あれは血も涙もない鬼でござる。その鬼の血が、鬼が生んだ剣と共にわたしの体の中に入っているのでござります……」

「なるほど、そういうことか……」

竜蔵は何度も頷《うなず》いてみせた。

「おぬしの想《おも》いはよくわかる」

「わかってくださりますか」

「ああ、わかるよ。おれの親父も大変な男だった。己の剣を求める余りに、女房も息子も置き去りだ」

「左様で……」

竜蔵は、破天荒に生きて大坂で河豚《ふぐ》の毒にあたって死んでしまった虎蔵の話をした。

「だが、親父は四十をちょっと過ぎたくらいで、ぽっくりと誰にも死に際を見せずに逝ってしまった。それゆえ、どこか馬鹿で懐かしい。そこへくるとおぬしのところは、まともな母親が若死にしてしまって親父は今も生きている。こいつは厄介だ。男としちゃあ、このくそ親父めと張り合うてしまう」

峡竜蔵の父親の話を聞くと、源内の興奮も少し収まった。何よりも自分の気持ちをわかろうとしてくれる剣客の言葉には滋味《じみ》がある。

「二十歳になって、おぬしもとうとう親父に腹が立ったか」

「いつか自分も父のようになるのかと思うといたたまれずに……」

「親父殿から仕込まれた剣術を捨ててやろうと？」

「左様、その少し前から、わたしは学問の楽しみを知り、いつかこれで身を立てて、亡き母親の仇《かたき》を取ってやりたいと思うたのです」

「剣をとらずとも、自分は自分のやり方で身を立ててみせると」

「はい。何度も死にそうになった稽古を思えば、一晩中書見もできようもの」

「う〜む……」

竜蔵は虚空《こくう》を見据え、しばし唸《うな》った。源内はほっとした様子で、

「わたしをそっとしておいてくださりませ」

神妙な顔で言ったのだが……、

「何言ってやがんだ馬鹿野郎！」

今まで穏やかに話を聞いていた竜蔵から、思わぬ一喝を受けた。

「お前の気持ちは確かにわかる。だが、男ならその気持ちはいつまでも胸に秘めていやがれ。甘ったれたことをぬかすんじゃあねえぞ」

「某の何が甘ったれているのです」

「お前が剣術をやりたかねえ、やれば親父みてえになっちまう……、なんてこたあ、おれにも、書庫方の四人にとっても、どうだっていいことなんだよう」

「どうだっていい……」

「お前は書庫方に出仕しているんだろう。しかもお前の禄は元々誰に与えられたもんだ。親父殿が指南役になって賜ったものだろうが」

「それは……」

「それはもへちまもあるかい。時勢は変わったんだ。この何年も仕合に出なかった書庫組が、また出ることになったんだ。お前だけ、何を恰好《かっこう》つけて出やがらねえんだ。叩っ殺すぞ馬鹿野郎！」

余りのことに、源内は返す言葉がなく、口をぱくぱくさせた。

「剣術をまた始めて、お前の強さが人に知れたら学問の妨げになると思っているのかもしれねえ。いや、そうするうちに剣術狂いの親父みてえになるのが恐《こわ》いと思っているのかもしれねえ。だが言っておくぞ、この江戸屋敷の剣術指南役は誰だ？」

「峡先生です……」

「おれが、お前の意に添うように導いてやるから、つべこべ言わずにお前は仕合に出りゃあいいんだよ」

「いや、しかし……」

「お前は、〝いや、〟だとか、〝しかし、〟だとか、否が多いんだよ。まったく、お前の剣術嫌いには、どんな事情があるのかと思ったらくだらねえ話だ」

「くだらねえ話とは何です!」

「くだらねえだろ!　お前、最前おれが斬りつけた時、見事に打ち返したな。あの技は誰が仕込んでくれたんだ」

「それは……」

「親父殿が仕込んでくれたんだよう。あれだけの腕を仕込み、家禄五十石もくれた。決して悪い親父殿じゃあねえよ。言っておくがな、お前のお袋殿は、親父殿を恨んで死んじゃあいねえはずだ」

「そうでしょうか」

「子供だねお前は。いいか、お袋殿はなあ、そういう、どうしようもなく頑固で、面倒なくそ親父に惚れていたんだよ。息子のお前は引っ込んでやがれ。とにかく仕合に出ろ。嫌だと言うならこの場でおれと勝負しろ」

「ううッ……」

源内は生まれて初めてこんな男と出会った。しかも、腕利きの剣客だというから凄《すさ》まじい。

この峡竜蔵には凡百の理屈は通じない。とにかく勢いで押されると言い返す言葉もなかった。

困り果てた源内を、竜蔵はニヤリと笑って見つめると、

「お前は、剣術の楽しさを知る前に止めちまったんだな。今さら嫌いな親父と仲直りしろとは言わねえよ。これからはこの峡竜蔵が、その楽しみをたっぷり教えてやるからついてきな」

身を乗り出して瓢簞の酒を注いだ。

その途端、源内はとてつもなく大きな溜息をついたのである。

四

翌日から、本多源内は書庫組の一人として稽古に参加した。

野村勉三郎、室井兵太、小林八弥、高瀬松之丞が狂喜したのは言うまでもないが、いざ竹刀をとった源内の強さに驚愕《きょうがく》した。

竜蔵はそんな四人に、

「源内はまだまだ強くなるが、他所《よそ》の組の者が騒ぎ立ててもいかぬゆえ、久し振りに稽古をして、思うように体が動かぬ体《てい》にしているのだ」

と、耳打ちしたから、四人の狂喜と驚愕は一層大きなものとなったのである。

さらにその翌日。

当主・若月左衛門尉から、書庫奉行・湯川仁左衛門に、書見に相応《ふさわ》しい書物を五冊、持参するようにとの命が下り、湯川は源内を供に参上した。

だがこれは、左衛門尉が本多源内の参戦を聞き、言葉を与えたかったゆえの命であった。

本多父子の確執を知る左衛門尉であった。源内の書庫方における忠勤は予々《かねがね》聞き及んでいたが、源内が剣術を捨ててしまい、頑《かたく》なに武芸場を避けていることには気を揉《も》んでいた。

とはいえ恒例の仕合はあくまでも家中一統に任せた行事であるから、左衛門尉は黙ってこれを見守るしかなかった。

それゆえ、本多源内の参戦は、左衛門尉にとって、奥方・雪の方にとっても嬉《うれ》しい報せで、声をかけずにはいられなかったのだ。

「まずこの五冊をお読みいただきとうござりまする」

湯川が選んだ書物を前に言上すると、左衛門尉はその内容には触れず、

「大儀であった。楽しみに読むとしよう」

とだけ応え、

「時に仁左衛門、書庫方が仕合に出ると聞いたが真か」

にこやかに問うた。

「ははッ、皆々やる気を出してくれまして、恥を忍んで再び仕合に挑まんとしておりまする……」

「それはよい。して、五人揃うたのか」

「打ち揃いましてござりまする」

「うむ、でかした。五人揃わねば出たとて詮《せん》なきことじゃ。仕合には一切の口出しはせぬが、五人でのうてはのう」

「はい。五人揃わねば出てはならぬと存じておりました」

「励むがよいぞ」

左衛門尉は、湯川仁左衛門にしか言葉をかけず、時折、源内にただ頷いてみせた。

源内にはわかる。自分が欠ければ書庫組は仕合に出られぬのだと念を押されていることを――。

湯川と共に御前を下がると、主君の気遣いが胸に沁《し》みた。書庫奉行に声をかけることで、格別の扱いを避けつつ自分を労ってくれたのである。このような殿様がどこにあろうか。

「五人揃わねば仕合には出られぬとの仰せじゃ、頼みましたぞ」

湯川は源内の肩を叩いて頬笑《ほほえ》んだ。

「書庫組の強さを思い知らせてやりましょう」

これに源内は力強く応えたのであった。

書庫組の五人は揃った。野村勉三郎、室井兵太、本多源内の三人が勝利すれば、念願の一勝はあげられる。それは決して叶わぬ夢ではない。

そう考えると、小林八弥、高瀬松之丞の気持ちも随分と楽になった。

すると、このどうしようもない二人に劇的な変化が起こった。

〝人を見て法を説く〟竜蔵の教えが功を奏し始めたのである。

八弥にはひたすら足捌《あしさば》きを教え込んだ。とにかくするすると右へ左へ回ることで、相手の決定打を封じ、ここぞというところで竹刀を薙《な》いで相手の左胴を打つ戦法だ。

松之丞は高い上背を活《い》かし、相手とひたすら間を取り、気にくわぬ相手の打ちを避《よ》けながら、信じられないほどの遠間から面だけを狙《ねら》って飛び込む技のみを鍛えた。袴《はかま》の中で長い足を折りたたみ、じっと跳躍力を溜《た》め、機会を窺い一気に爆発させると、面しかないと思っていても、思わぬところで打ち込まれるものだ。

実際稽古では、かわしてばかりの八弥と松之丞に苛々《いらいら》とした兵太は、力任せに出ようとして、そこを見事に狙い打ちされて、

「何と、八弥と高松に打ち込まれるとはおれもおしまいだ」

地団駄を踏んだものだ。

「まず仕合となれば、相手も慎重になるゆえなかなか一本取らせてはくれぬであろうが、仕合は一本勝負と聞いている。何かの拍子に決まれば儲けものだ」

竜蔵はそのように説いたのだ。

念願の一勝に向かって、書庫組の五人は気勢をあげた。

とにかく五人戦で一勝をあげれば、最弱の汚名をそそぐことが出来るのだ。どの組よりも気が楽であった。

さらに、五人の様子を見て、じっとしていられなくなったのか、

「某ひとりが蚊帳《かや》の外では寂しゅうござるからな。ひとつ先生、この毛利禄左衛門にも稽古をつけてくださりませ」

と、あの〝もうろく殿〟が武芸場に出てきたのである。

〝人を見て法を説く稽古〟ならば自分にも出来るであろうという意気込みが出たのだ。

「承《うけたまわ》った!」

竜蔵は剣術指南を受け持つ身である。何人も指南いたそうと、竹中庄太夫を緑左衛門につけた。

そもそも〝人を見て法を説く稽古〟は、かつて庄太夫が入門時に、

「まあ、年寄りを労わるつもりで稽古をつけて頂ければ……」

などと言ったところから始まっている。

まともに剣術を習ったことがなく、四十二歳で峡道場の門を叩いた竹中庄太夫であったが、自分に合う稽古を追求した結果、五十四歳になった今は、同年代の武士にひけはとらぬ腕前となったのだ。そして〝秘剣蚊蜻蛉《かとんぼ》〟と自ら命名した、庄太夫独特の技も身につけているのだ。

「おお、これはありがたい先生でござる」

以来、緑左衛門は、五人とは違う稽古内容をこなしつつ、書庫組の稽古に参加したのであった。

こうして、峡道場にとっても、若月家書庫方にとっても、真に慌しい日々が過ぎ、いよいよ若月左衛門尉が国表へ戻る四月を前にした、恒例の仕合の日がやってきたの

である。


仕合は二日にわたって行われる。今回は書庫組の参加によって十組が総当りの五人戦で雌雄《しゆう》を決するわけであるから、その仕合の数はなかなか多い。

初回に半数行い、休養に三日を空けて二日目を行うのである。

初日の書庫組の仕合は、大番組、近習組、小姓組、足軽小者組、徒士組の五組。どれも強豪であった。

若月家用人・園井槌右衛門が、仕合には出ぬ腕利きの家士を束ね、立会人となった。

峡道場からは、竹中庄太夫、神森新吾、津川壮介《つがわそうすけ》が出向き、これを手伝った。

峡竜蔵は立会人筆頭として、勝敗を決定する役を担った。

当主・若月左衛門尉。江戸家老・村田典膳、奥用人・久保田又四郎といった重役達は見所《けんじょ》に座し、この日は一日中仕合に見入る。

御簾《みす》が下ろされた隅の小座敷には、やはり雪の方がいて、そわそわとして観戦していた。

――竜蔵殿、よくぞ書庫組を引きずり出してくだされたな。

雪の方は、左衛門尉に進言したことが、十分な成果を得て当日を迎えたことに、大きな満足を覚えていた。

竜蔵は、園井との入念な打合せによって、一本勝負による仕合の進め方はしっかりと確かめてあった。防具着用による竹刀での仕合にも流派の違いがあるが、あくまでも真剣勝負の目で判断すること——。

「始めい！」

羽織袴に白扇を手に仕合を捌く峡竜蔵の雄姿こそ、この仕合の大きな見物《みもの》であったかもしれない。

剣士達は、各々剣技武勇を引き出され、白熱した仕合が繰り広げられたのである。

書庫組は強豪相手に奮闘した。

先鋒・野村勉三郎、次鋒・小林八弥、中堅・室井兵太、副将・高瀬松之丞、大将・本多源内。五人は仕合場を大いに沸かせた。

初戦は大番組に力で捻《ね》じ伏せられ一勝四敗で敗北、次も近習組に同じく一勝四敗で負けた。だが、徒士組、足軽小者組には二勝三敗として意地を見せた。

さすがに八弥、松之丞は、付け焼き刃の稽古では勝てるはずもなく、ここまで全敗であったが、勉三郎は徒士組戦で、兵太は足軽小者戦で、それぞれ面を決めて勝った。

そして、源内は四戦すべてで勝利した。

大番組の大将は、家中屈指の遣い手であったが、源内を剣を忘れた変わり者めと侮《あなど》ったのがいけなかった。

開始早々、低い体勢からの胸突きをまともに喰って、一本取られたのだ。

これによって、書庫組の仕合など見る価値もないと言っていた連中が、源内の仕合を見に殺到した。

この日の書庫組最後の仕合は小姓組との一戦であった。

先鋒戦、勉三郎は若さを活かしてよく動いた。仕合も五仕合目となれば体もほぐれてくる。

「とにかく思い切っていけ」

竜蔵からはそう言われていた。

負けてもめげない勉三郎の真骨頂がここにあった。あの弱かった書庫組に、こんな活きの好い若武者がいる。それが武芸場内を盛り上げ、相手もつい勉三郎の動きにつられて打ち合いに出た。

「えいッ!」

その出鼻を勉三郎は見事に捉え、相手の小手を打った。竜蔵から教わり、何度も体に叩き込んだ技であった。同じことを竜蔵は、各組に教えていたが、勉三郎は利発な分、適確に技の性根を捉えていたのだ。

「それまで！」

勉三郎は勝利した。

先手を許した小姓組は死に物狂いとなった。

次鋒の八弥には、まだ足捌きで相手を乱す実戦の経験がなく、相手の面をかわし切れずた易く勝ちを与えてしまった。

だが、八弥があっさり負けたことで、小姓組には気の緩みが出る。じっくりと構え、料理してやろうという相手の様子を見てとって、兵太は奇襲に出た。

「うお〜ッ！」

という雄叫《おたけ》びと共に、開始早々、面に飛び込むと見せかけ、そのまま相手の右胴を打ち据え左へと体を捌いた。

凄まじい打突の音がした。

「それまで！」

峡竜蔵は一本を宣《せん》した。

「やったぞ……」

兵太は低い声で呟《つぶや》いた。これで勝てる、書庫組初の勝利を摑《つか》めると確信した途端、涙が出た。自分の奮起を信じて止まぬ、奉公人達への想いが噴出したのである。

続く松之丞は、粘りに粘った。次が勝負だと気負う小姓組の大将が苛々すればするほど、剣術の勝負勘が血肉となって備っている源内に有利だと思ったからだ。

ここまで勝ちがないものの、松之丞も少しずつ、打たれることで取るべき間合を覚えていたのである。

へっぽこな及び腰であるのになかなか一本を決められぬ相手の副将もまた苛々していた。

——おのれ、この六尺棒が。

相手は粘り疲れた松之丞を追い詰め、さっと懐に入るや連打を繰り出し、やっとのことで松之丞を破った。

この苦戦が小姓組の大将をさらに焦らせた。小姓組の大将を務めるのは大小姓・宇《う》山欣也《やまきんや》。使者や主君への取次ぎをこなし、念流の遣い手として知られていた。

しかし、書庫組だけには負けられぬという想いと、本多源内の強さを見せられた動揺が彼の体をすっかり重くしていた。

源内は泰然自若《たいぜんじじゃく》としている。幼い頃から、何度もこのまま死ぬのではないかという稽古を積んできた身には、いつ何時であっても平常心をもって戦える気迫が備わっている。

仕合が始まるや、ぐっと前へ出て、そのまま竹刀を宇山の喉《のど》へと突き出した。間合に潜むあらゆる魔を苦にもせず、素直に出した突き技は、何とか一本決められまいとする宇山に考える隙《すき》を与えなかったのだ。

「それまで！」

竜蔵の声が武芸場に響いた時。源内が繰り出した竹刀の先は、ぴたりと宇山欣也の面の突《つ》き垂《だれ》を捉えていたのである。

「おおッ！」

どよめきと共に、書庫組念願の一勝が、この瞬間決まったのである。

五

強豪五組に対し善戦し、一勝をあげた書庫組を、若月左衛門尉は手放しに誉《ほ》めた。

勝ったのが、かつて何度か一等を取ったことのある小姓組だけに、家中の者達もこの勝利を素直に認めた。

峡竜蔵にとっても、指南役となった途端にこの奇跡を起こしたのであるから、大いに面目を施したといえる。

書庫組は湯川仁左衛門の御長屋で、峡一門は中奥の広間に招かれて美酒に酔った。だが、内心穏やかでなかったのが納戸組であった。いや、納戸組の寺田仙太郎そのものであったといえる。

納戸組の初日の成績は、二勝三敗であった。

そのうちの一敗は小姓組に喫したもので、しかも内容が一対四である。書庫組が勝利した小姓組に軽く捻《ひね》られた恰好となった。

今回の仕合は各組の強さが拮抗《きっこう》していて、下手をすると、書庫組に全体の順位でも負ける可能性が出てきたのだ。

宿敵・室井兵太は、思った以上に強くなっていた。恐らく二日目の仕合には、自分と対戦するよう兵太を当ててくるであろう。

――あ奴にだけは負けたくない。

そう考えると落ち着かなかった。

仕合二日目は、中三日を空けて行われる。この間に何とか手を打たねばならない。仙太郎は稽古もせずそればかりを考えたのである。

そして、休息二日目に、書庫組は痛恨の惨事に見舞われることになる。

その日。室井兵太は湯川奉行の遣いで、屋敷を出て、上野山下にある絵草紙屋へと出かけた。

今、世間ではどのような絵草紙が出回っているのか検分し、これという風景画があれば購入するという月例の役儀である。

世馴れた者が少ない書庫組にあっては、比較的町の者達と軽口のひとつきける室井兵太が、主にこれを務めていた。

仕合の合間ということで、書庫組はこれでなかなか仕事が溜っていて、兵太は己が小者一人を連れて山下へと出かけた。

小者は八百助《やおすけ》といって、古くから室井の家に奉公をしている。恒例仕合での兵太の活躍を聞き及び、道中恥ずかしくなるほど兵太を誉め称《たた》えた。

池端を通り、広小路《ひろこうじ》に抜ける細い通りに出た時であった。

兵太は、町の男二人が揉めている様子を、横手の路地に確かめた。

金の貸し借りであろうか、ささいなことで言い争っているように見えた。

「何だ手前《てめえ》は……」

「おう、やるってえのかい！」

一触即発の二人を、端にいて心配そうに見ていたもう一人が止めに入ったが収まらない。

止めに入った男は兵太の姿を見て、

「お侍さま、どうか止めてやっておくんなさいまし……」

と、にじり寄って来た。

放っておいてもよかったのだが、兵太は仕合での興奮が残っていて、町人の喧嘩《けんか》を止めるくらい何でもなかろうと、

「これ、何を騒いでおる」

悠然と傍へ寄った。

ところが、何ということであろうか。町の男二人は兵太が傍へ寄るやはたと喧嘩を止め、

「やかましいやい！」

と、同時に塀に立てかけてあった棍棒《こんぼう》を手に、二人で兵太を襲ったのだ。

予期せぬ事態に、兵太は一瞬棒立ちになった。それへ向けて男二人は両横から兵太の腕を棍棒で二、三度打ち据え、そのまま走り去った。その頃には、止めてやってくれと言いに来た男もいなくなっていた。

あっという間の出来事に、小者の八百助は為《な》す術もなく、兵太が苦悶《くもん》の表情でしゃがみ込んだのを見て、

「だ、旦那様《だんなさま》……！」

やっとのことで駆け寄ったのである。

室井兵太の打撲は酷く、右肘《ひじ》は青黒く腫《は》れあがり、左の手首は骨折しているようであった。

報せを聞いた峡竜蔵は書庫方に駆け付けて唸った。

「そいつはまったく妙な話だな……」

何よりも、思わぬ不覚をとったことに、兵太は嘆き悲しみ、憔悴《しょうすい》していた。

町の者にいきなり棒で殴られた、などと役人に訴え出ることは若月家の恥になる。どこにも言える話ではなかった。兵太は何事もない振りをして、途中まで駕籠《かご》に乗り、門番にも気付かれぬようにして書庫方の詰所に戻ったという。

この点、書庫方は上屋敷の表殿舎からは隔離されているので密談がしやすかった。

兵太は書庫方の面々に深々と頭を下げて、

「すまぬ……。これではろくに竹刀を持てぬ……」

涙ながらに詫《わ》びた。

湯川仁左衛門は、まず峡竜蔵の意見を聞くべしと急使を立て、その間は兵太に出来

る限りの手当てを施し、

「とにかく気持ちを落ち着けるがよい」

と詰所で休ませ、竜蔵の到着を待ったのだ。

「その二人の男は、そもそも喧嘩などしていなかったのに違いない……」

事情を聞くと、竜蔵にはそう思えてならない。書庫方の者達も同じ想いを持っていた。

だがそうだとしたら、連中は元々兵太を待ち伏せて罠《わな》にはめたことになる。三人の男の顔にはまるで見覚えはなかったというから、誰かに頼まれたのであろう。

「いや、某はそのように思いとうはござらぬ……」

相手も喧嘩の勢いで、あのような真似をしてしまった、兵太はただそう思い込もうとした。

野村勉三郎の頭の中には、納戸組の寺田仙太郎の顔が浮かんでいた。兵太が仕合に出られなくすれば、自分は兵太と立合わずともよくなるし、書庫組に負ける恥辱もなくなろう。

そこで、兵太の外出を調べ、幸いにも月例の務めがあるのを知り、このような策を弄《ろう》した。町の者に襲われたと訴え出はせぬと見越して——。

今度の仕合によって、室井兵太の納戸組に対する複雑な想いを、書庫方の連中は改めて知ったから、勉三郎だけではなく湯川までもが心の内でその線を疑っている。

だが、いくら憎い相手であるとて、そこまで卑劣な武士が、この若月家にいるとは、不覚をとったのが自分だけに兵太は思いたくなかったのだ。

竜蔵はその想いがわかるだけに、改めて兵太を見直したが、

「おぬしの心得は立派ではあるが、町場で襲われたのは確かだ。この一件を隠し通すわけにも参らぬ。もし何者かが絡《から》んでいたとすれば相応の罰は受けさせねばならぬゆえにな」

一同の前でそう述べた。

上野山下界隈は、竜蔵にとっては若き頃に暴れ回った馴染の地である。今でも、処《ところ》で睨《にら》みを利かす連中の一人や二人は知っている。

そ奴の許《もと》に、峡道場の門人である御用聞き・国分の猿三を遣《や》って、あれこれ調べさせれば、そのうちにこの一件の概容が浮かんでくるであろう。若月家の恥だと黙っておらずとも、竜蔵は自前で咎人《とがにん》の探索が出来る稀有《けう》な剣術師範なのだ。

とはいえ、その辺りのことはまず置いておいて、

「この一件は、お奉行にうまく取り計らっていただくとして、大事なのは仕合だ。こ

れでは明後日の仕合には間に合わない。はて、四人で戦うか……」

「それはなりますまい……」

湯川が頭を横に振った。

「五人揃わねば仕合にならぬ……。殿がそう仰せになられた。そのお言葉にそむくわけには参りませぬ」

本多源内が顔をしかめた。あれは源内がこの先五人から離脱することがなきようにとの想いを込めた、左衛門尉の言葉の綾《あや》であったかもしれない。

しかしあの折は、左衛門尉の御前に書庫奉行としての公務で出て、主君の言は傍に侍《はべ》る小姓達も耳にしている。

御主《おしゆう》がいったん口にした言葉に、勝手な解釈を加えて、四人で出場するわけにはいかないのだ。

「なるほど……」

主と家来の関《かか》わりはそうあらねばならぬのであろうと竜蔵は受け止めた。竜蔵があくまでも浪人の身にこだわるのは、このようなところにあるのだが、一方でそういう武士の心得が美しく思えてくる。

書庫方の面々に失望の色が溢《あふ》れた。念願の一勝をあげたことを喜ぶべきなのだ。来

年に望みを託そう……、誰もが自分にそう言い聞かせた時、

「室井殿が出られずとも、五人揃うのでは……」

八弥がぽつりと言った。

「おお、そうじゃ……」

湯川がにこやかに相槌《あいづち》を打って、毛利禄左衛門を見た。たちまち勉三郎、源内、松之丞の顔が赤らみ、痛みと涙を堪《こら》えていた兵太が祈るような目を〝もうろく殿〟に向けた。

「これは御無礼、確かにもう一人強い味方がござった」

竜蔵は豪快に笑った。

「い、いや、待たれよ。某が今さら仕合に……」

禄左衛門は口をもごもごとさせた。

「案山子のごとく、立っていてくださるだけでよろしゅうござる」

源内が、見せたことのないような笑顔で言った。

「それとも、案山子にもなれぬ藁《わら》人形でよいと申されるか」

のろまと言われ続けた松之丞が、凛《りん》とした表情でこれに続けた。

こう言われては禄左衛門にも武士の一分《いちぶん》がある。

「よし！　かくなる上は毛利禄左衛門、最期の力を振り絞ろう」

禄左衛門は観念して、皺《しわ》だらけの顔を真っ赤にして応えた。

「忝うござる……」

兵太の慟哭《どうこく》が、しばし詰所に心地よく響いた。

翌朝。湯川仁左衛門は、江戸家老・村田典膳に事の詳細を伝えた。

「真に解せぬ話だが、委細承った……」

村田は訝《いぶか》しみつつも、御家の名誉を守らんとした室井兵太の心がけを称し、今は仕合の最中ゆえ、書庫整理中の不測の事故による怪我《けが》という体にしておこうと伝えた。

「殿には折を見て身共《みども》から申し上げよう」

その表情は怒りに震えていた。彼もまた、この一件に大きな不審を覚えたのである。

六

かくして、若月家江戸屋敷恒例仕合の二日目が執り行われた。

初日の健闘が光った書庫組であったが、不運にも室井兵太が怪我をして欠場し、その代わりに六十になった毛利禄左衛門が出ることで、再び話題をさらった。

皆一様に、〝もうろく殿〟がどんな仕合をするのか、また、本多源内はどこまで勝ちを伸ばすのかが見物であると言い合った。

さらに、小林八弥、高瀬松之丞が果して一勝をあげるのかにも興をそそられたが、その余裕は兵太の欠場によって、

「まず書庫組に負けることはなかろう」

という、各組の安堵《あんど》の裏返しともいえる。

初勝利を献上してしまった小姓組は、組み合せの運が悪かったと嘆いたものの、順位で抜かれる心配はなくなりこちらもほっとしていた。

そして誰よりもほくそ笑んだのが、疑惑にまみれた納戸組の寺田仙太郎であった。

「室井兵太も無念であろうの……」

口では労っていても、顔に浮かぶ皮肉な笑みが、何よりもそれを物語っていた。

果して兵太の一件と彼の繋《つな》がりはあるのだろうか。

書庫組の五人は、何ともすっきりしない想いを胸に、納戸組だけには何としても勝つとの誓いを胸に武芸場に現れたのである。

若月左衛門尉は、本多源内がもう二度と仕合に出ぬなどと言わぬようにとの想いから、五人揃わねば仕合に出たとて詮なきことだと言ったものの、まさか一人が怪我をするとは思いもよらなかった。それゆえに、御主の言を固く守り六十の禄左衛門が出

てきたことに、胸を熱くしていた。

「あれはまともに剣を遣えるのであろうか」

さすがに気にかかり、仕合前に峡竜蔵に訊《たず》ねたところ、

「大事ございませぬ。あの御仁は、ここぞという時、きっと意地を見せてくれましょう」

竜蔵は胸を張って応えたので、左衛門尉にとっても、雪の方にとっても、源内と禄左衛門の仕合は楽しみとなっていた。

「きっと勝てる！」

竜蔵の激励を受けた書庫組のこの日の布陣は、先鋒・野村勉三郎、次鋒・小林八弥、中堅・高瀬松之丞、副将・毛利禄左衛門、大将・本多源内であった。

室井兵太は腕の痛みに堪え、恥を忍んで武芸場に出て、仲間の仕合を見守った。

「いざ、参りましょう」

凛とした声をかけるのは勉三郎である。一番弱年であるが、書庫組の復活にまず手を上げた彼を、書庫組の面々は頭として前へ出していた。何年も役儀を共にしたが、互いに声をかけ合い励ましあったこともない六人が、この二月ばかりで、何よりも大事な仲間となった。これこそが若月家恒例仕合の意義なのである。

六人はしっかりと頷き合い、仕合場に臨んだ。今日の相手は、中屋敷組、勘定組、下屋敷組、そして納戸組である。

書庫組は健闘した。勉三郎は生きの好い剣を見せたし、八弥、松之丞もた易く負けぬ粘りを発揮し始めた。それでもやはり勝てない。禄左衛門は案山子のごとく動かず、あっさりと勝ち星を相手に献上した。

中屋敷組に一対四。勘定組、下屋敷組に二対三。勉三郎が勝った他は、この日もまた源内の全勝による勝ちのみであった。

しかし、書庫組に暗雲は漂っていない。

彼らは納戸組の仕合にこの日のすべてをかけていたからだ。

源内が、敵を調べ上げ、いちいちその弱点を分析して、八弥、松之丞に指示を与えていた。立場上それが出来ぬ竜蔵に代わって策を練ったのだ。

そして、禄左衛門が案山子に徹したのも、納戸組での一戦のためであった。

「室井殿……」

仕合前、源内は顔を強張《こわば》らせて戦況を見守る兵太に耳打ちをした。

「寺田仙太郎は某も嫌いだ。完膚《かんぷ》なきまで叩きのめしてやろう……」

ニヤリと笑う源内を見て、

「変わり者だとか、藁人形だとか申したことを悔やんでいる。すまなかった」

兵太は頭《こうべ》を垂れた。

「なに、某も無礼の段が数々ござった。堪忍してくだされ」

「もうおれを泣かせるのはやめてくれ……」

苦笑する兵太は、また腕の痛みに顔をしかめた。

「いざ……！」

勉三郎が一同に声をかける。

書庫組はいよいよ二勝目をかけて納戸組と対戦した。朝からの熱戦は、昼を過ぎても勢いが衰《おとろ》えない。

この日も立会人筆頭を務める竜蔵は、剣術指南役の醍醐味《だいごみ》を思い知り、若月家の士風に感銘を受けていた。

しかし、どうも寺田仙太郎はいただけない。

ここまで納戸組の大将を務めてきた仙太郎は、書庫組との対戦では副将に回った。

書庫組が仕合順を決めた後であった。

「しっかりと一勝をあげる。これも兵法だ」

とうそぶいたが、本多源内が室井兵太と俄《にわか》に気を通わせたと見てとり、源内が兵太の意趣返しをしてやろうと、激闘を挑んでくるのではないかと腰が引けたのは明らかであった。

「おのれ、汚ない奴め……」

源内は憤《いきどお》った。仙太郎と対戦すると決まった禄左衛門は、体の震えを、

「武者震いがいたす」

と強がったが、大きな重圧を受けたのは言うまでもなかった。

「それだけ相手も書庫組を恐れているのであろうよ」

湯川は珍しく六人の前へ出て激励すると、

「皆のお蔭《かげ》でよい心地を味あわせてもろうた。礼を申すぞ」

一人一人に頬笑んだ。

一方、相手方の寺田仙太郎は、勝ちにこだわったのだと胸を張って、

「一気に片をつけてやろう」

と気勢をあげていたが、思いの外に剣士の並びを変更したことが、家中の不興を買い、悪者扱いされていることに焦りを覚えていた。

納戸組の内でも、書庫組に声援が片寄り始め仙太郎に不満を漏らす者も現れた。

そんな中で仕合は始まったのである。

野村勉三郎は、いつもよりも増して気合を竹刀に載せた。これに相手も気合で応える。

納戸組先鋒は用人手附の江藤孫六《えとうまごろく》。武芸自慢の用人・園井槌太郎が認める遣い手である。こちらは齢《よわい》二十八で脂がのっている。たちまち打々《ちょうちょう》発止の打合いとなった。

――頼む。

兵太は天に祈った。勉三郎の敗戦は、書庫組の敗戦を決めてしまうようなものだ。

勉三郎はそれを百も承知であったが、重圧を撥《は》ね返すには迷いなく前に出るしかなかった。年長の江藤には彼の思惑がよくわかる。正面から受けて立った。

「えいッ！」

勉三郎は捨て身の面に出た。江藤はその一撃を自らも前に出て迎撃した。両者がぶつかり合い、さっと離れた時、

「それまで！」

竜蔵が白扇を掲げた。勝ちは江藤の面にあった。一日の長のある江藤は勉三郎の面を誘い出し、かわしつつ相面《あいめん》を合わせたのだ。

場内に溜息がもれた。

「申し訳ござらぬ……」

仕合場から下がった勉三郎は歯噛みした。

「なんの、勝負はこれからでござる」

しかし、小林八弥は平然としていた。幼少期の虚弱は成人して治っていたにも拘《かかわ》らず、自信のなさが彼から武を奪ったが、今彼は人並に竹刀を揮う楽しみに目覚めていた。

今日の仕合では惜しいところも何度かあった。一本勝負である。幸運が巡ることもあろう。

相手は納戸方・吉川与左衛門《よしかわよざえもん》。固太りで当りの強い三十歳。源内が癖を調べて八弥に対策を教えた剣士で、こちらは予定通り八弥との対戦となった。

吉川は相手が出てきたところを返し技で一本を決めるのが身上。ならば打たずに退《ひ》いていればよい――。

「始め！」

仕合が始まっても八弥は前に出ない。仕方なく吉川が前へ出ると、八弥はするすると退く。真後ろに、斜め左へ右へただ退《さ》がる。

相撲取りのように当りの強い吉川は、次第に苛々を募らせ、まず吹き飛ばしてやろうと猪《いのしし》のように突進した。だがこれをかわす稽古は積んできている。当る寸前に左右に回り込み、八弥は見事にかわした。

「吉川はさほど息が続かぬ。そのうち、かわされた時にひと息つく。そこが狙いだ……」

何度目かの突進の後、ふっと吉川の動きが止まった。八弥はそこを逃さず、右へ回り込みつつここぞと竹刀を薙いだ。これがこの仕合初めての打撃であった。

すると八弥の竹刀が、吉川の左胴で大きな音をたてた。

「それまで！」

竜蔵は、八弥の勝利に飛び上がらんばかりであったが、心を鎮《しず》めて勝ちを宣した。

場内は大いに沸いた。

書庫組の喜びようは大変なものであったが、皆、仕合中のこととて抑えるのに苦労をした。

弥《いや》が上にも気持ちが盛り上がる高瀬松之丞に、

「くれぐれも焦らぬように……」

源内が耳打ちをした。

次の相手は、納戸方・穂山儀兵衛《ほやまぎへえ》。二十五歳で変幻自在の動きから繰り出す技と、相手の技を体を仰《の》け反《ぞ》らせて見事にかわすのが身上である。

「奴は己が剣術に酔っている。あの技のかわし方は真に危ない。いつかきっと面が届く……」

源内は穂山の剣をそう分析していた。

穂山対策をしてきた松之丞もまた、予定通りの対戦となった。

開始早々から、穂山は多彩な技を出して松之丞を攻めた。しかし、脇を締め遠い間合を保つ松之丞を、なかなか攻めきれない。

穂山は短身で、〝六尺高〟の松之丞との仕合はいつもと勝手が違うようだ。

「やあッ！」

松之丞は時折、遠くから面に出た。穂山は軽く仰け反り、難なくこれをかわす。

だが、松之丞は狙っていた。袴の中で長い足を折りたたみ、跳躍の力を溜めに溜めて、ついにこの日の最長を跳んだのだ。

穂山はいつものようにこれを仰け反ることで紙一重にかわしてやろうとした。ところが、松之丞の長い体軀《たいく》は、思いの外伸びた――。

「とうッ！」

目測を誤った穂山の面に、松之丞の竹刀はしっかりと届いていた。

「それまで！」

竜蔵はまたも興奮を押し殺して松之丞の勝ちを宣した。

まさかの八弥、松之丞の連勝であった。

こうなると、寺田仙太郎が毛利禄左衛門に勝ったとしても、好調を維持し続ける本多源内が負けるとも思えない。納戸組からは悲鳴に似た溜息が洩《も》れた。

——勝った。

室井兵太は確信して、再び涙を流した。

ほぼ勝敗が決したと思われる中、寺田仙太郎は次の仕合に臨まざるを得なかった。

彼の頭の中では、あのまま大将を務めて、源内に叩き伏せられ勝ちを決められる無様を避けられたことが救いであった。

気取り屋のこの男は、ここに至っても恰好ばかりを気にしていたのだ。

しかし、毛利禄左衛門はこの仕合に賭《か》けていた。

これまで案山子のごとく動かずにいたのは、ただ一度きりしか通用しない技をこの仕合のために温存していたのに他ならない。

じっくりと、確実に禄左衛門を退け、己が仕事を済ませてやろうとした仙太郎には、そんな禄左衛門と書庫組の思惑など知る由もなかった。

「始め！」

仕合開始を宣する、峡竜蔵の声には興奮が隠せない。

禄左衛門に熱血指導をしたのは竹中庄太夫であったからだ。

その庄太夫は、見所の端で息を呑んで見ている。温存していた技とは、庄太夫秘伝の〝秘剣蚊蜻蛉〟であった。

いかにも面倒そうに構える仙太郎に対して、禄左衛門は真に頼りなさげに青眼に構える。

――耄碌《もうろく》おやじめ、お前も室井兵太のようになれ。

仙太郎が余裕の構えに気合を込めた時、禄左衛門はふらふらと頼りない足取りで間合を詰めた。それは何かの拍子に足がもつれてつんのめったのかと思う動きであった。

――おい、何だこの老いぼれは。

仙太郎は、それについ見入ってしまった。すると、その刹那、

「えい！」

という気合にのった禄左衛門の竹刀が、仙太郎の突き垂を捉えていた。

これぞ、一度だけなら決まる竹中庄太夫の〝秘剣蚊蜻蛉〟であった。

「な、なんと……」

仙太郎は呆然《ぼうぜん》とした。まさか自分の番で、しかも、あの〝もうろく殿〟に不覚をと

ると は、仙太郎にとってはこの上もない恥辱であった。

——みたか仙太郎！

兵太が心の内で叫んだ時、

「それまで！」

つい取り乱して裏返ってしまった竜蔵の声が武芸場に響いた。

武芸場が今日一番の盛り上がりを見せる中、既にやる気をなくした納戸組の大将は、源内にあっさり胴を決められ、この仕合は何と四対一で書庫組が勝利を収めたのである。

書庫組の意地の勝利で、二日にわたる恒例の仕合は終った。

書庫組は結局二勝止まりで最下位に沈んだが、その仕合内容はどれもなかなかのものので、室井兵太の事故がなければどう転んだかわからぬ状態であった。

若月左衛門尉は、

「これこそが若月家恒例の仕合である。皆の者、天晴《あっぱ》れであった」

と一同を称し、全勝をかざった本多源内には、大慶直胤《たいけいなおたね》二尺二寸（約六十七センチ）の太刀を与え、

「この後も書庫方の務めを頼んだぞ」

と、あくまでも役方の家来として言葉をかけたのだ。

仕合の後は、一同打ち揃っての酒宴となる。

だがその前に、仕合の興奮がちょっとした騒ぎを引き起こした。

武芸場を出て、各組が一旦《いったん》それぞれの詰所に戻る時、書庫組と納戸組が廊下で交じわった。仙太郎以外の連中は、負けたとはいえ、書庫組の健闘を称え、室井兵太の怪我を労るという真に男らしい態度を見せたのだが、仙太郎は仏頂面で、

「世にはまぐれ当りというものが本当にあるのだな……」

吐き捨てるように言った。

そこを通りかかった竜蔵は、さすがに叱らねばならぬと傍へ寄ろうとしたが、

「あれがまぐれ当りかどうか、来年になればわかりましょう」

と、厳しく言い放った者がいた。

見れば野村勉三郎であった。いつも清々《すがすが》しい好男子の彼が、珍しく人に食ってかかったのである。

「その折は室井殿の怪我も治っておりましょう。こ度《たび》のようにくれぐれも勝負から逃げになりませぬよう……」

仙太郎は、怒りにわなわなと震えた。

「笑止な……」

何か言い返さねば気がすまぬ腹立ちが仙太郎の理性を狂わせた。

「町の者に不覚を取るような室井に、何を恐れることがある！」

これが仙太郎の不覚となった。

「寺田殿、町の者に不覚をとった、貴殿は今そう申されたな」

すかさず湯川仁左衛門が問うた。

「確かに室井兵太は、町で喧嘩を止めようとして、その二人にいきなり棒で打たれた。さりながら、このことを知っているのは我らの他には御家老のみ。何ゆえ貴殿はそれを知るのだ。さあ、確《しか》と応えよ！」

こちらも日頃温厚な湯川の激怒に、仙太郎はすっかり気圧《けお》された。

衆人環視の中の言葉である、最早言い逃れは出来ぬ仙太郎であった。

周囲の者達から怪訝《けげん》な目で見られ、

「知らぬ……、何のことだかおれは知らぬ！」

仙太郎は逃げるようにその場から立ち去った。

「やはりあれは……」

勉三郎が憤慨するのに、室井が宥めるかのように頬笑んで、

「放っておけばよい。せっかくの好い心地をあんな奴に腹を立てて台なしにしたくはないからな」

ゆったりと頷いた。

「ほう、怒ってばかりのおぬしにしては珍しいのう」

これを、禄左衛門が冷やかして、一同は笑い合った。

もう禄左衛門を〝もうろく殿〟と呼ぶ者もいなくなるであろう。

書庫方の七人は感慨深く眺める竜蔵に気付いて、恭《うやうや》しく頭を下げた。

言葉に出ぬほどの感謝がそこに込められていた。

「後ほど改めまして……」

湯川はそう言い置くと、六人の配下を連れて歩き出した。

〝吹き溜り〟でも〝捨て所〟でもない、少し胸を張って足取り軽く書庫へと向かう彼らの後ろ姿は竜蔵の目にまぶしかった。

「先生、やりましたね」

竜蔵の傍で神森新吾が声を弾ませた。

「いや、庄さんのお蔭だよ」

「おからかいを……。とはいえ、あの技が役に立つとは思いませなんだ」

庄太夫の興奮は未《いま》だ収まらなかった。

「まず、よしとするか……」

寺田仙太郎への取り調べと裁きはやがて下されるであろう。既に国分の猿三が猟犬のごとく山下界隈《かいわい》を駆け巡り、室井兵太を襲った三人組の行方を追っているはずだ。やがて摑んだ手がかりを、今の仙太郎の失言と合わせると、厳罰《げんばつ》は避けられまい。

竜蔵もこれを放っておくつもりはない。

そういう意味ではいささか後味の悪いことになったが、これでまた雪の方との約束は果した。

安堵と共に、

「それにしても、この後始末のために、まだしばらくここへ通わねばなるまいな……」

竜蔵は泣きごとを言った。

「それはしかたござりませぬ。どこまでも深入りしてしまうのが先生の身上でござるゆえ」

庄太夫がしかつめらしく言った。

「ははは、違えねえや。三田の道場の方はまたよろしく頼んだよ」

竜蔵は片手拝みをしてみせると、すぐにその手を丸印に変えて、

「さて、こっちの方はどのくらい下さるんだろうな。そろそろ初鰹《はつがつお》だ。たっぷりとい
こうじゃあねえか……」

と、悪戯っぽく笑った。

第四話　父子旅

一

若月家恒例の仕合は、若月左衛門尉、雪の方の思惑通りの結果となった。

峡竜蔵は大いにその労苦を労《ねぎら》われて、五両の骨折り賃の他に、竹中庄太夫、神森新吾への報奨も含めて十両が下された。

竜蔵は慎んでこれを受け、剣友・中川裕一郎や、門人の津川壮介達、出稽古《でげいこ》を手伝った面々への手当をはずみつつ、約束通りに庄太夫、新吾と初鰹《はつがつお》を楽しんだ。

若月家納戸方組頭・寺田仙太郎の一件は、その後、国分の猿三によって室井兵太を襲った町の破落戸《ごろつき》三人の正体が暴かれ、裁きを待つのみとなった。

三人は仙太郎が目をかけていた中間《ちゅうげん》の博奕《ばくち》仲間で、この中間を通じて兵太襲撃を画策したと白状した。これによって仙太郎の罪状は動かし難いものとなったのだ。

今は蟄居《ちっきょ》を命ぜられている仙太郎は、あの独特の気取りも高慢もすべて消え失《う》せ、正体をなくしているそうな。

ただ、室井兵太の怪我《けが》も日々回復に向かっているし、先代の寺田友蔵の事績に免じる声もある。名君・左衛門尉のことであるから、そこは厳しくも情のある裁きを下すはずだ。

一徹者《いってつもの》の江戸家老・村田典膳であるが、これに動いた国分の猿三に謝し、彼に手札を授けている北町奉行所同心・北原秋之助《きたはらあきのすけ》にも家中《かちゅう》の不始末を詫《わ》び、上手《うま》く内済《ないさい》にした。この辺りの手腕はさすが大名家の江戸家老であった。

ともあれ、峡竜蔵の若月家通いも一段落したのであるが、竜蔵にすっかりと惚《ほ》れ込んだ左衛門尉は、そうもさせてくれなかったのである。

四月に入り、若月左衛門尉がいよいよ国表《くにおもて》へ出立せんとする折、三田二丁目の峡道場に、奥用人・久保田又四郎が訪ねてきた。

「これはよくぞお越しくだされました。お殿様への暇乞《いとまご》いに参上仕《つかまつ》るのはいつがよろしいか、お訊《たず》ねせねばならぬと思うておりましたところにて……」

竜蔵は丁重に迎えたが、内心は気が気でなかった。又四郎を遣わすというのは、左衛門尉のみならず、雪の方の意をも含んでのことではないかと思えたからだ。

しかし又四郎もこの辺りは臈《ろう》たけている。そのような気配はおくびにも出さずに、

「それならばちょうどよろしゅうござった。御前《ごぜん》にてお引き合わせしたい者がござりましてな」

「と、申されますと……？」

「実は、本多鉄斎殿が明日にも出府いたしまする」

「本多鉄斎殿……。お国表の剣術指南役の？」

「いかにも、書庫方の本多源内の父親にござる」

「左様でござるか……」

なるほどそういうことかと竜蔵は合点した。

確執が続いていた本多父子を、源内が久しぶりに剣をとったこの機会に、和解させようと左衛門尉は思っているのであろう。

そのためには、源内が心を開いた峡竜蔵と本多鉄斎を会わせておくのが何よりだと考えたに違いない。

父子の間に首を突っ込むのは避けたいが、

「鉄斎殿は、こ度《たび》の息子の奮闘を知り、いたく喜んで、峡先生にまず礼を申し上げたいとのことでござってのう」

と、又四郎は言う。

源内は鉄斎のことを人の情を忘れた鬼のような男だと言うが、竜蔵に謝意を伝えたいという親の気持ちはよくわかる。

それに、一刀流を極めたという剣客・鉄斎に一目会ってみたかったのも事実である。

「それは楽しみにござりますな」

竜蔵はにこやかに参上する由を伝えたが、ただ会うだけでは済まぬのであろうと、それが気になって、

「鉄斎先生に会うた上で、源内殿との仲を取りもつようにとの仰せでござるのかな……」

さらりと探りを入れた。

「やはり気にかかりましょうな……」

又四郎は苦笑いを浮かべて、

「某《それがし》も詳《くわ》しゅうは聞かされておらぬのでござるが、お引き合せの場には、書庫奉行を同席させるようにとの仰せでござるゆえ、大方そのようなところかと……」

と応《こた》えたが、どうも歯切れが悪い。

「それについて、何か困ったことでも出来《しゅったい》いたしましたか」

「いや、殿におかれては、何か荒療治《あらりょうじ》を施《ほどこ》そうとなされているような気がいたしまし

てな」

「荒療治？」

「我ら家来には何も仰せになられぬゆえ、ようわかりませぬが、また峡先生にお骨折りを願わねばならぬのではないか……、そんな気がいたしまする」

「ははは、それはちと怖物《こわもの》でござる」

竜蔵は首を竦《すく》めた。

又四郎は申し訳なさそうな表情のまま、

「元はといえば、奥方様が虎蔵先生の申されたことをお忘れにならず、四十になった先生を指南役としてお迎えしたわけでござるが、近頃はすっかりと殿が先生に御執心の由」

「ありがたき幸せにござる」

「それも度が過ぎれば先生にも、こちらの道場にも御迷惑がかかりましょう……」

「ふふふ、奥方様がそのようなお気遣いを？」

「いかにも。殿が難題を仰せられた折は、何としても殿をお諫《いさ》めいたしますゆえ、遠慮のうお断りくださるようにとの仰せにて」

「これまた、ありがたき幸せにござる」

大名の殿様と奥方が、揃《そろ》って自分に構ってくれているのだ。これほどの栄誉はなかろう。

——どんな仰せであろうと承ろう。

という気持ちになってくる。

どうせ無理を願うなら、好《よ》い心地にしておいてことに当ってもらおう。そんな気遣いさえ漂ってくる。

まず久保田又四郎をして、峡竜蔵に断りだけは入れておこうとの配慮であろう。

「御心遣い痛み入り申す。なに、乗りかかった船でござれば大事ござりませぬ。どのような荒波が押し寄せてくるか、これもまた楽しみというもの」

竜蔵はむしろ、殿と奥方との意を汲《く》みつつ奔走する、久保田又四郎を労ったのである。

その二日後の早い朝。

竜蔵は湯島の若月家上屋敷へと出かけた。

成り行き次第では足止めを喰《く》うかもしれないので、遣いになるようにと竹中雷太を供にしていた。

雷太は、竜蔵が中奥の広間に参上する間、表の控えで待つ。

このような経験が雷太を、どこに出ても物怯《ものお》じしない一流の剣士にしていくのだ。

弟子を待たせて左衛門尉の御前に出る竜蔵もまた、剣術師範の貫禄《かんろく》が自《おの》ずと備わってきたように見える。

広間に雪の方の姿はなく、江戸家老・村田典膳、奥用人・久保田又四郎、書庫奉行・湯川仁左衛門が、左衛門尉が座す御座所前に居並んでいた。

「度々、すまぬな……」

竜蔵が御前で畏《かしこ》まると、左衛門尉は少し照れくさそうに言った。

「とんでもないことでござりまする……」

竜蔵は、組み合わせた左右の手に鼻の先がつかんばかりに頭を下げ、平蜘蛛《ひらぐも》のごとく平伏した。

貴人に対する礼法も、このところは少しばかり様になってきたが、左衛門尉はそのような儀礼は好まぬし、竜蔵にはまるで似あわぬものだと思っている。

「これこれ先生、身にそぐわぬ真似《まね》はせず、近う近う……」

せっかちに傍《そば》へ寄せると、早速小姓に命じて本多鉄斎を連れてこさせた。

又四郎、村田、湯川の表情に朱がさした。

今まであれこれ語り合っていたようで一様に鉄斎と竜蔵を交互に見た。

通されたのは五十半ばの老武士であった。

少しばかり怒り肩で、中背の体は隙《すき》が見当らないほどに引き締まっているのがわかる。

深い皺《しわ》が刻まれた顔は、ぎょろりとした目に鋭さは残るものの、白髪交じりの学者のような端正さを持ち合わせていて、剣客ゆえの殺伐さはない。

——なるほど。

剣客はかく歳《とし》を取りたいと思える面相に触れ、竜蔵はほっと息をついた。どこか亡師・藤川弥司郎右衛門に似ていたからだ。

左衛門尉は、鉄斎に対しても細々とした儀礼を許さず、竜蔵と対面が素早く叶《かな》うよう席を勧めた。

「峡竜蔵でござる……」

竜蔵は、まず自分から急ぎ頭を下げると、鉄斎の表情が綻《ほころ》んだ。

峡竜蔵については、既に詳しく聞き及んではいたが、想《おも》った通りの剣客だと一目見て安堵《あんど》したのであろう。そんな顔をしていた。

「本多鉄斎にござる。こ度は倅《せがれ》めに剣を御教授くだされたとか……、真《まこと》に忝《かたじけの》うござる」

長年、気合を吐き出す度に鍛えられた喉《のど》から発する、錬達の士独特の太くよく通る声であった。竜蔵にはその趣《おもむき》がよくわかる。

「ああいや、大したことはしておりませぬ。書庫方を仕合に引きずり出したい一心でござりまして、それに御子息が応えてくれたのでござりまする」

「あの捻《ひ》ねくれ者のことでござる。さぞ、大変な想いをなされたかと……」

「わたしにも覚えはありますが、捻ねくれ者は、何より自分を想うてくださるお人よりも、他人の言うことを聞くものでござりますれば……」

「はッ、はッ、そういうものでござるかな」

鉄斎は、飾らぬ竜蔵の言葉に頬笑《ほほえ》んだ。

江戸表、国表の両剣術指南の初顔合せは、互いに剣を通して人を知る者同士、真に和やかであった。

左衛門尉は大いに満足をして、

「何がさて、源内は仕合において天晴《あっぱ》れな働きを見せてくれた。それゆえ、今ならば父親への捻ねくれた想いも薄らいでいようと思うてな。江戸の指南役に引き合せがてら、久しゅう会うておらぬ倅の顔を見せてやろうと、そなたを呼び寄せたというわけじゃ」

「真に忝うござりまする……」

「少しは話も弾んだか」

「さてそれは……」

鉄斎は渋い表情を浮かべた。

江戸表から俄《にわか》な御召《おめし》を受け、上屋敷に到着したのは昨日であった。

聞けば倅源内が、頑《かたくな》に拒んでいた剣術の稽古を始め、仕合に出て殿に賞されたという。さらに、その話とは別に頼みたい件もあるらしい。隠居の身で道場に拠《よ》る鉄斎の心は揺れ動いた。

上屋敷では、かつて国表で親交があった村田典膳が迎えてくれて、先月の仕合での源内の活躍などを詳しく語ってくれた。

左衛門尉への目通りは明日とのこと。

狐につままれたような想いで、その夜は源内の御長屋に泊まった。

本多家は若月家の臣で、現当主は源内である。鉄斎は国表での剣術指南を託されているが本多家の隠居の身であるから、源内の御長屋に泊まるのは当然のことであった。

だが、父が務めていた剣術指南を継がず、江戸表の書庫方に志願した源内とは、国と江戸に別れてから断絶状態にあったのだ。

源内も大いに戸惑い、何年か振りに顔を合わせたとて交わす言葉も出てこずに、ほとんど口を利かぬまま床についたのである。

鉄斎がその由を言上すると、

「左様か、さもあろうのう」

困った父子の様子を思い描いて、左衛門尉は高らかに笑った。

「さりながら、それでは沢柿村《さわがき》に源内と共に行くのは辛《つら》かろう」

「沢柿村、でござりまするか……」

「うむ、しばらく放《ほう》ったままにしているゆえ、そなたまた出向いてくれぬか」

「畏まってはござりまするが、源内と共にとは、いかな仰せにござりましょう」

「さてそれじゃが、源内には書庫方として出向き、村に伝わる古書を検《あらた》め、また学問にすぐれた者がおらぬか見極めさせようと思うておる」

「何と……」

鉄斎は瞠目《どうもく》した。

竜蔵はこのやり取りをわけがわからずに眺めていたが、沢柿村とはどうやら野州にある若月家の飛地であるようだ。

そして、先日源内が竜蔵に打ち明けた、父・鉄斎との確執が生まれるきっかけとなった地であった。

この地の代官所の者達に剣術を指南し、半農の郷士達の中で、剣にすぐれた若者はおらぬか検めるのが、これまで本多鉄斎が定期的に務めてきた役儀なのだが、彼が隠居をした後は長くこの出張がなくなっていた。

それを久し振りに鉄斎に命じた上、新たに当地の学問視察に本多源内を派遣しようというのである。

そういえば峡道場を訪ねてきた久保田又四郎が、

「……何か荒療治を施そうとなされているような」

と、思案顔で言っていたのは、このことでないかと竜蔵の頭の中で閃《ひらめ》いた。

「倅めにそのようなお勤めができましょうか」

やっとのことで鉄斎が口を開いた。

「それについては大事ござらぬ」

書庫奉行の湯川が応えた。既に昨日、湯川と鉄斎の対面は済んでいた。

「彼《か》の者は、学問への造詣《ぞうけい》は誰《だれ》よりも深うござるゆえ、旅に出すのは真に心強うござる」

湯川は、このような役儀を仰せつかるのは、書庫方にとって大変な栄誉になると力説した。

「つまりは、文武打ち揃うての視察となり、沢柿村一帯の領民にも大いなる励みになろうとのことでござるぞ」

江戸家老の村田典膳が付け加えた。

「それはまたありがたい仰せでござるが……」

鉄斎は村田と湯川を交互に見て、

「この儀については、源内も承知の上でござりましょうや」

と、困惑を浮かべて訊ねた。

「最前、出仕の折に申し渡してござる」

湯川が応えた。

「何ぞ申しておりませなんだか」

「ありがたき御役なれど、父と二人でのお勤めとなれば、果してつつがのう参りますかどうか……、と案じておりました」

「さもありましょう。某とて同じ想いでござる。源内と二人では、文武の両輪が首尾よく回るとは思えませぬ」

鉄斎は、しかつめらしく左衛門尉に平伏してみせた。

左衛門尉は、本多父子が互いに反発し合っていることなど百も承知である。

「ほう、それは困ったのう」

ニヤリと笑って、うそぶくと、

「剣術指南は本多鉄斎に、学問視察は本多源内に……、それがたまさか父子であったのが災いするとは、真に皮肉なものよの」

大きな溜息《ためいき》をついたものだ。

鉄斎は何も言えずにただ平伏している。

この折に、源内との融和を図ってやろうという左衛門尉の思し召《おぼめ》しは身に沁《し》みてわかるし、ありがたく思うが、主命を果すには気がかりを一切排し、ただひたすらに勤めねばなるまい。

昨日とて、久し振りに会ったというのに、源内とはほとんど言葉も交わさず、互いにその場から逃げ出したくなる想いであったのだ。職責は違えど、共に旅をして同じ土地で務めを果すなど出来るものではない。

「この儀は、峡殿こそが御役に相応《ふさわ》しいかと存じまするが……」

鉄斎は、実に申し訳なさそうな声で言った。

源内が鬼と呼んでいた老剣客であるが、こんなところに情の細やかさが垣間見《かいまみ》られて、竜蔵は鉄斎を気の毒に思った。

とはいえ、竜蔵が買って出るわけにもいくまい。

「そなたの申すことはもっともなれど、この先生とは時折出稽古を願うという決め事でな。野州の飛地なんぞに行ってくれとは言えぬ」

「ははッ……！」

鉄斎はまた畏まった。

「とは申せ、文武の両輪が首尾よう回るには、強い軸や油がいるのう……」

左衛門尉は思い入れをした。これに村田、久保田、湯川の三老臣が深く頷《うなず》いた。

——はて、そういうことか。

竜蔵は、左衛門尉の腹が読めた。つまり、本多父子という文武の両輪にとっての強い軸となり、時に油となる——それを自分に求めているのだと。

案の定、左衛門尉は竜蔵に悪戯《いたずら》っぽく頬笑んで、

「峡先生、すまぬが遊山《ゆさん》がてらこの仲の悪い父子と共に、野州まで旅に出てはくれぬか……」

と、訊ねたのである。

久保田又四郎は、断ってもよいのだと目で言ったが、断れるはずがない。

村田が鉄斎に、

「峡先生が同道いたせばどうじゃな」

と、問えば、

「それならば、大いに助かりましてござりまする」

鉄斎はほっとした表情で応える。

「本多源内も、峡先生がいてくだされるなら、異論はござるまい」

湯川は胸を叩《たた》く。

竜蔵は、胸の内でやれやれと思いつつも、

「遊山がてらで野州へ……。これは楽しみにござりまする……」

と、左衛門尉に笑顔で申し上げるしかなかったのである。

二

「また、羽州の国表にも参るがよいぞ」

若月左衛門尉は暇乞いをする峡竜蔵を、このような言葉で野州への旅路に送り出した。

竜蔵を上屋敷に召した三日後のことであった。

さらにその三日後に左衛門尉は、国表である羽州鷹杉へと出立するのである。

野州の飛地は塩谷《しおや》郡沢柿村に代官所が置かれている。羽州へは途中まで同じ日光街道を通るので、竜蔵も本多父子と共に、若月家の行列に加わればよいのだが、父子に濃密な旅をさせるためには、別行動をさせる方がよい。

この辺りも左衛門尉の配慮が含まれていた。

──まったく家中の者への気遣いが、ここまで行き届いているとは。

北へ北へと歩きつつ、旅姿の竜蔵は舌を巻いていた。

その昔、家中の内訌《ないこう》によって命を落しかけた雪の方が、家中の統率を何よりとして、左衛門尉に働きかけたのであろう。

そして、若月家にとって、本多鉄斎、源内父子の団結は大いに役立つと見ているのだ。

父親に反発して、学問の道を歩みたいと願い出た源内を許し、江戸で書庫方に任じた左衛門尉の判断は見事であったというしかない。

剣によって培《つちか》われた強い精神力で、源内は学問を体得した。そして、体に刻み込まれた剣を、峡竜蔵の力を借りて再生したのである。しかも仕合に出ることで、仲間を大事にする必要を身をもって知ったのだから、左衛門尉は文武に勝《すぐ》れた家来を一人造りあげたことになる。

後は、武に勝れ威風に溢《あふ》れた鉄斎との間に生まれたわだかまりをいかに取り除くか。左衛門尉にとっては、それがただひとつの気がかりなのだ。

――おれも大変な御方に見込まれたものだ。

竜蔵は左衛門尉に見事に使いこなされている身が、おかしくてならなかった。

――何ゆえおれは野州へ向かっているのであろう。言葉を交わさぬ父子と共に。

一行は竜蔵の他に三人。

本多鉄斎、源内父子に、勘平《かんべい》という四十絡《がら》みの小者《こもの》が一人ついて来た。勘平は国表にいる頃に鉄斎が雇い入れたのだが、源内が定府《じょうふ》になった折、ただ一人付いて御長屋へ入ったという。

それゆえ、父子両方を知るのだが、元より無口なのか、父子の間の複雑さを達観して余計な口を控えているのか、いつも黙っている。

そして、鉄斎と源内は会釈を交わすだけで、言葉はおかしいほどに交わさない。

しかし、江戸と国表に別れてからの二人の溝《みぞ》を埋めるには、その間それぞれがどのような暮らしを送っていたのか互いに知る必要があった。

竜蔵は仕方なく、

「先生の道場には、今門人は何人くらいおいでござる」

と、鉄斎に聞いてみたり、

「あれからも、時に武芸場に出て汗を流しているのかな」

と、源内に訊ねたりした。

「門人は常に三十人ばかり、その内で内弟子が三人おりますゆえ、身の周りのことには不自由しておりませぬ」

鉄斎はこれに笑顔で応えたし、源内は、

「はい、やはり剣も身につけておかねばなりませぬゆえ、暇を見つけては稽古をしに行くようにしております」

と、熱く語った。

竜蔵に話すことで、鉄斎は源内に、源内は鉄斎に対して近況を伝えられる。

父と竜蔵が話している間、子が竜蔵と話している間、父子はまったく無関心を装いながらも、剣術の稽古時における注意深さで、相手の言葉に耳を傾けているのが、竜蔵にはよくわかった。どうやら父子共々興味はあるようだ。

真に面倒ではあるが、竜蔵が喋《しゃべ》ると、それだけ父子の空白期が明らかになるので、父と子が互いに知りたいであろう話題を会話にせっせと盛り込んだのである。

とはいえ、鉄斎、源内、勘平までもが健脚で、ともすれば黙々と早足で街道を進んでしまうから、あれこれ会話にもっていくのは骨が折れた。

道中だけではない。

粕壁《かすかべ》宿で最初の宿泊をする折も、出来るだけ父子が共にいられるようにと、いつも同じ客間で泊まった。

勘平が部屋の端で寝て、竜蔵は父子の間に床を敷いて就寝するのだ。

――まったく疲れがとれねえや。

峡竜蔵がいることで、この度の役儀をこなせると安堵した鉄斎と源内であったが、竜蔵がいるがために互いに話さずにいるのではないか――。

布団の中で溜息をつく竜蔵の気持ちを知るや知らずや、道中一日目は一言も直《じか》に言葉をかわすことなく父子は時を過ごした。

若月家恒例の仕合に出て、父に教え込まれた剣技のありがたみを知ったはずの源内であった。

鉄斎とて、一度は剣を捨ててしまったが、書物の海にどっぷりと浸り、学問への精進ぶりを認められ、これまで左衛門尉の覚えめでたい我が子を見直したはずである。

それがここまで頑に心を開こうとしないとは、さすがに竜蔵も思わなかった。

鉄斎の剣へのこだわりと、源内の母親の死へのわだかまりは、ちょっとやそっとではなくならぬものなのか。

旅に出ればそこは血の通った父子である。そのうちに言葉のひとつ交わすようになり、あれこれ昔を思い出し、ぎこちなくはあるだろうが、親しみの情を取り戻すに違いない。自分は大いに盛り上げてやればよいのだ。

そのように高を括《くく》っていた自分の考え違いを、竜蔵は恨んだ。

「今さら嫌いな親父《おやじ》と仲直りしろとは言わねえよ……」

などと言って、源内に再び剣を取らせた手前、

「馬鹿野郎！　おればかりに喋らせねえで、お前もちったあ親父殿と何か喋らねえか！」

と、叱《しか》りも出来なかった。

ひとつだけ救われたのは父子が酒を飲むことだ。

旅籠《はたご》の夕餉《ゆうげ》には鯉《こい》の洗いが出て、僅《わず》かであるが一同で酒を酌《く》み交わした。

相変わらず、父子が直に言葉を交わしたりはしなかったが、酒のやり取りで間がもった。

夜もほろ酔いにさっさと横になり眠りにつけた。

夜が明けると、鉄斎は裏庭で抜刀し素振りをくれ、源内は頼りない朝日の下で日誌をつけた。

することは別々でも、父子は共に精進を欠かさない。

「旅籠の庭でまで刀を揮《ふる》うとは……」

「筆を持つ身にはさぞかし刀は重たかろう……」

ぶつぶつと呟《つぶや》く声が竜蔵には聞こえたが、その姿勢を認め合いはしたようだ。声音には互いに小さな感嘆が込められていた。

朝餉《あさげ》を済ませ、二日目は古河《こが》宿を目指す。

父子も沈黙を気遣う竜蔵を気の毒に思ったか、それぞれが昨日よりも竜蔵に対して能弁になっていた。

鉄斎は、年老いた身がいかに剣を遣えばよいのか、近頃思うところを語りかけ、源内はこれからの日本には蘭学がより大事になるだろうと力説した。

どんな状態であれ、話せば心も和むものだ。竜蔵の足取りも昨日より軽くなった。

足取りが軽くなると、心の内も軽くなる。焦らずともよい。男同士は意地の張り合いに加えて、何を話せばよいのか、そのきっかけを見つけるのが下手なゆえに、なかなか打ちとけられぬものなのだ。そのうち心もほぐれ、きっかけも見つかろうと思い直したのである。

こうして、竜蔵を中心に会話が弾み、一行は古河の宿に到着した。

すると、日が陰り始めた宿場の旅籠の前で男の怒鳴り声が聞こえた。

こういう声にはいたって敏感である竜蔵が中を覗《のぞ》くと、がたいの好い男が腹を押さえて唸《うな》っていて、その横でさらに大きな男が、

「おう！　どうしてくれるんだ！」

と旅籠の女中に凄《すご》んでいた。

「いったい何の騒ぎだい」

竜蔵は、苦々しい表情を浮かべて、これを外から眺めている人足風《にんそく》に訊ねた。

「へい、どうせ食い物に当った、どうしてくれるんだと強請《ゆす》っているんでしょう」

人足風は、強そうな剣客の姿に、ほっとしたように応えた。

「奴《やつ》らを知っているのかい」

「何度か見かけたことがありますよ。忘れた頃《ころ》にやって来ては、方々で強請《ゆすり》を働いているようで」

「そうか、食ったものに当ったと言やあ、外聞も悪いし、疑うと怒って何をしやがる

かわからねえから、宿にしてみりゃあちょいと銭を掴《つか》ませて波風立てねえようにしようってところか」

ふっと笑う竜蔵の右横で、

「怪《け》しからぬ奴らでござる……」

源内が憤慨した。

旅籠の内では、宿の主《あるじ》が出てきて、大男に詫びている。

「ちょいと助けてやるか」

嵩《かさ》にかかって主に凄む大男を見ながら竜蔵が言った。

「峡殿が出るまでもござらぬ」

すると左横から鉄斎が厳かに言った。

「あ奴ら相手に、先生は強過ぎましょう」

よほどのことがない限り、剣を極める者が素人相手に腕を揮ってはならぬ――。

これが鉄斎の教えであったと源内は思い出した。つまり、この場は剣客でないお前が片付けろということなのであろう。

「先生、わたしが参りましょう」

源内は、鉄斎をちらりと見つつ、少し怒ったように言うと、旅籠の中へと入っていった。

それからほどなくして。

強請の二人は、すっかり日も陰った街道を北へ向かってとぼとぼと歩いていた。先ほどの威勢はどこへやら、共にあざだらけの体を引きずるようにしている。

「目太六《めだろく》……、ついてねえこともあるもんだ」

「ずぶ公、生きているだけありがてえ」

旅籠で凄んでいた大男が目太六。腹を押さえていたのがずぶ公のようだ。

旅籠の主に凄んだ目太六は、本多源内に窘《たしな》められ、

「お前は引っ込んでやがれ！　三一《さんぴん》め！」

と、突っかかったが、気がつけば投げとばされていた。三一となめた旅の武士の鮮やかな手並に、腹を押さえていたずぶ公は、芝居を忘れて思わず正気に戻り、

「このたかりめが！」

これまた土間に転がされた。

「や、野郎！」

それでも二人は腹立ち紛《まぎ》れに立ち向かったが、それが源内の闘志に火を点《つ》け、散々

な目に遭わされたのである。

　気が付けば、

「その辺りにしておいてやるがいい」

と源内を宥《なだ》める竜蔵と鉄斎の姿が強請二人の目の前にあった。

　目太六、ずぶ公は破落戸だけに、この剣客二人が只者《ただもの》でないと肌でわかる。一目散に痛む体を引きずりながら宿場を出たのである。

　二人は日光街道から奥州街道をうろうろしつつ、腕っ節を頼りに強請、たかりを繰り返していた。時にはこんな目にも遭うのも覚悟の上だが、それにしても今日は相手が悪かった。

「今宵はどこで夜を明かす……」

「百姓の出作り小屋でも見つけよう……」

　そう言いながら辺りを見廻《みまわ》すと、背後から力強い足音が聞こえてきた。目を凝らすと提灯《ちょうちん》の明かりに、数人の浪人者の姿が浮かんだ。

「こりゃあ、杉浦《すぎうら》の旦那《だんな》……！」

　目太六が大声を出した。

「何だ、目太六にずぶ公ではないか。どうした、情けない恰好《かっこう》だ」

杉浦と呼ばれた浪人の中の一人が応えた。こ奴もまた不精髭《ぶしょうひげ》に顔が覆《おお》われていて、いかにも人相風体が悪い。

連中は、悪い者同士、時に行動を共にしていると見える。

「へい、滅法強い侍にやられてこの様《ざま》でさあ」

ずぶ公が泣き言を言った。

「強い侍だと……」

「へい、こいつに只者じゃあねえような浪人二人が付いておりやしてねえ、仕方なく逃げてきたってわけで」

「ほう、そんな連中がいたのか。まず話を聞かせろ。おれ達はお頭と喜連川《きつれがわ》で落ち合うことになっていて先を急ぐが、野木《のぎ》の宿で酒くらい飲ませてやろう」

「そいつはありがてえ……」

日太六とずぶ公は、喜び勇んで浪人達について行った。

「もうちょっと早く会っていりゃあ、あんな三一に後れはとらなかったものを……」

「先をお急ぎとは残念だ……」

二人はすっかりと勢いづいていた。

峡竜蔵一行と出合わなかったのは、浪人者達にとっても幸運であったはずだが、ひとまずこの日、竜蔵、鉄斎、源内、勘平は、目太六、ずぶ公に強請られていた旅籠に泊まることにして、穏やかな夜を迎えていた。

杉浦なる不良浪人が、喜連川で落ち合うという〝頭〟なる者の正体が気になるところであるが、この時の竜蔵はそれどころではなかった。

源内は、反発する父親の前で破落戸二人をやり込めたのがどうも気恥ずかしく、また鉄斎は、源内の悪者退治の身のこなしに大いに不満を持っていて、

「お前の腕はあれほどのものか」

と、叱りつけたくなるのを心の内で押さえていた。

そしてその反動は、すべて竜蔵との会話になって現れ、次第に能弁さを増していく鉄斎と源内を相手に、竜蔵はとにかく忙しかったのである。

三

その後も、鉄斎、源内父子が言葉を交わすことはなかったが、源内の方はさすがに長幼の序を考えたか、竜蔵の前ではちょっとした挨拶《あいさつ》ごとなど、鉄斎に対して口を利くようになってきた。

もっとも鉄斎は、朝の挨拶を受けても、道や旅籠の入りを譲られても、

「うむ……」

と、ただ無愛想に唸るだけで、その度に、

――この偏屈《へんくつ》親父めが。

という源内の心の声が竜蔵に聞こえてきた。

それでも、父子が共に口数も少なく押し黙っていた旅の初日に比べると、竜蔵が水を向けずとも、鉄斎も源内も自分の方から話しかけてくれるようになったので、受け応えが忙しくとも竜蔵は気が楽で、旅に活気が出てきた。

鉄斎の話は、どこまでも剣術の話ばかりで、源内は道端に自生している草木や、土地土地にまつわる伝承など、書で得た知識を語った。

竜蔵にはどちらの話もおもしろく興味深かったが、己が意見を差し挟めば、却《かえ》って父子の確執を広げる恐れもあるので、いちいち相槌《あいづち》を打ち、話が途切れると峡道場における今までの珍騒動を語り、場を明るくすることに徹したのであった。

こうして一行は、小金井宿から大沢宿、そこから間道を通って山間《やまあい》を進むと、たちまち若月家の飛地である沢柿村に着いた。

江戸を出てから五日が経《た》っていた。

代官の広瀬《ひろせ》森右衛門《もりえもん》には、既に急使が送られていて、本多父子の来訪を喜んだ。

以前、鉄斎に連れられてこの地を踏んだ源内を森右衛門以下、代官所手附《てつき》、手代の面々もよく覚えていて感慨深かったようだ。

さらに森右衛門は、

「峡先生のお噂《うわさ》は江戸表より既に届いておりまする。本多先生と御二方に、御指南いただけるとは、真に贅沢《ぜいたく》でござりまする……」

竜蔵の同道をも知っていて歓待した。

いったい、若月家がいつ遣いをやったのかは知らぬが、本多父子に峡竜蔵が付いて出立するものと、左衛門尉は初めから見切っていたように思える。

だが見渡せば山の青が迫《せま》り、方々に流れる小川のせせらぎ、広がる田畑。領民達は皆穏やかでたくましく、四十となった今、このような美しい村で数日を過ごし、己が生き方を考えるのも悪くない。

路銀《ろぎん》は若月家持ちなのであるから、左衛門尉が〝遊山がてら〟と言ってくれた厚情をしっかり受け止めようと竜蔵は思い定めた。

その夜は早速、代官所の広間で歓迎の宴が執り行われた。

「あれからもう随分になりまするな……」

森右衛門はしみじみとして言った。

それまでは二、三年に一度くらいの割合で、鉄斎が武芸指南と、剣術に勝れた者の発掘のために訪れていたから、鉄斎の隠居により中断してしまったことが残念でならなかったというのだ。

広瀬森右衛門は、五十になるやならず。そもそもこの地の名主《なぬし》で、かつて先祖は一帯の土豪であったことから、名主の兼職として、代官に任命されている。

配下の手附、手代も、近隣の郷士の中から選ばれ、代官所は名主屋敷の中にある。

それゆえ、この飛地は村の自治というべきなのだが、森右衛門には武士としての誇りが強く、

「我らも若月家家中の者であることをお忘れなきよう……」

が、口癖となっていた。

年貢の徴収の折には、国表から勘定方の役人が訪れるが、鉄斎による武芸指南が途絶えてからは、

「武士の心を失うてしまいそうで、気が気ではござらなんだ」

と、低い声で言った。

「その儀については、お殿様も決してお忘れになっていたわけではござりますまい……」

竜蔵が私見を述べた。

隠居した鉄斎に、国表での剣術指南をさせるのはともかく、飛地への視察は、けじめとして一旦《いったん》取り止《や》めとせねばならなかったのであろう。

「その上で、源内殿が学問修行の成果をあげる頃まで、お待ちになられたのでござろう」

この地を知る鉄斎と源内に連れて来てもらって、ありがたかったと竜蔵は気遣いの言葉をかけた。

鉄斎と源内が同時に竜蔵に対して目礼をした。

父子は決別してから今日まで、それぞれの道を生きてきたわけだが、自分達の衝突が、飛地に暮らす者達の想いをいかに踏みにじっていたかを、思い知ったのだ。

確執に捉《とら》われて、この度の沢柿村への出張をためらった己が身勝手を省みて、ここへ来るきっかけを作ってくれた竜蔵に感謝し、誠心誠意役儀にあたらんことを父と子は心に誓ったのだ。

代官の森右衛門は、名主として村人をまとめているだけに、万事において世馴《よな》れている。

鉄斎と源内に、他人が立ち入れない事情があると心得ていて、歓待の宴も上手く竜蔵を間に立てつつ父子に気苦労をさせなかった。

竜蔵、鉄斎、源内、勘平四人の寝所もそれぞれの立場に応じた心尽しをもって、別々に配されたので、旅の間の気兼ねもなくなり、その翌日からの勤めも楽であった。

ここからは、武芸視察と学芸視察に本多父子はそれぞれ別れるゆえに、父子が気まずく二六時中顔を突き合わすこともないのだ。

竜蔵は鉄斎に付き添う形で武芸場に出た。

半農ゆえに尚《なお》さら武の精神を尊ぶ森右衛門は、名主としての財力をもって、屋敷内に立派な武芸場を有していた。

代官所手附を務める津久井梅三郎《つくいうめさぶろう》は、親の代から剣術に熱心な郷士で、鉄斎から数日間集中して教授された剣技、理念、稽古法を、日頃はこの武芸場で、役人達に伝えている。

「懐かしゅうござる……」

鉄斎は、稽古場の木の香り、武者窓から覗く雄大な山々の景色を楽しみながら、まずじっくりと床板を踏みしめた。

「ここで稽古をいたすと、この地の山河の恵が五体に染み渡るようで、随分と力をもらったものでござる」

このような浮世離れした物言いも、鉄斎が口にすると実に趣がある。

「峡殿もすぐにお気に召されよう。江戸表とはいえ若月家の剣術指南をなさる身でござる。ここは峡殿の稽古場でもある……」

このように言われると、何やらとても嬉《うれ》しくなってくる。

「ならばまず、直心影流峡道場の型を御覧《ごろう》じ候《そうら》え」

竜蔵は木太刀をとり、嬉々《きき》として型を披露した。

「おお……」

若月家江戸屋敷において、左衛門尉以下家中の者達を魅了したと聞く峡竜蔵の型である。

代官所の役人達に加え、腕に覚えのある郷士達が武芸場に詰めかけ、固唾《かたず》を呑《の》んで見入ったが、都の洗練された剣法かと思いきや、豪放磊落《ごうほうらいらく》でわくわくとさせる木太刀の冴《さ》えに誰もが感嘆した。

「いや、これはお見事」

誰よりも感じ入ったのは鉄斎であった。

「軍神が舞い降りたかのような……」

「お恥ずかしゅうござる。いい歳をして、まだまだ力みがとれぬ青くさい剣でござりましてな」

竜蔵は大いに恐縮したが、

「その力みが剣に華を添えておりまする。厳しさの中に、何ともいえぬ大らかさがある。このような型を拝見するのは初めてでござる」

鉄斎は真顔で称《たた》えた。

そうして次は鉄斎が披露する。

既に五十半ばという鉄斎であるが、木太刀の動きが枯れているかというとさにあらず、緩急のつけ方が絶妙で毛筋ほどの乱れもなく、木太刀が天から授けられた宝剣のように虚空《こくう》を斬《き》った。

武芸場に詰めかけた一同は、これを名人技として捉え、竜蔵の時と同様に溜息をついたが、

――何と恐ろしい剣だ。

幾多の修羅場を乗り越えてきた竜蔵は、名人技などという言葉では語り切れぬ剣の凄みを鉄斎の型に見た。

それは〝肉を斬らせて骨を断つ〟ような、かすかな生と死の境目に立ち、一切の隙を作らぬ研ぎ澄まされた剣であった。

――斯様《かよう》な御仁と真剣で立合うとすれば……、まず逃げるしかない。

源内が鉄斎の剣の凄みをどこまで理解しているかはわからないが、己が父を〝鬼〟だと表現したのは無理もなかろう。

命を落すかもしれぬ荒稽古を何度も己に課し、ひたすら律する者しか、このように木太刀は振れぬであろう。

人らしくありたいと願う者には、到底ついてはいけぬ境地に鉄斎はある。そして源内は鬼ではなく、あくまでも人でありたいと思ったのであろう。

その点においては源内の気持ちがわかるような気がする。

だが、本多鉄斎は剣客として真に尊敬に値する。

「凡愚《ぼんぐ》の目がつぶれそうな心地がいたしまする……」

竜蔵は演武を終えた鉄斎に深々と頭を下げたのである。

その後は、代官所の役人達、郷の腕自慢達を相手に、鉄斎と二人で稽古をつけてやったが、鉄斎との立合はせぬままに終えた。

互いに暗黙の了解がなされていたのだ。

二人は今剣客の修行に来ているのではない。

飛地の剣士に稽古をつけ、新たな剣才を持つ者はおらぬか見極めるために来ている。

その片手間に、

「ひとつ揉《も》んでくださりませ」

などという調子で立合うべき相手でないと、互いに型を見て思い合ったのである。

「峡殿のような剣客としての生き方もあったのでござるな……」

稽古をすべて終え、礼を交わすと鉄斎はつくづくと言った。

鉄斎は、剣を極めんがために鬼となった。それゆえ人となりたい源内は父に背を向けた。

だが鬼にならずとも、峡竜蔵がごとく剣の高みに達することが叶うのだ。それを知ったればこそ源内は一度捨てた剣を再び手にしたのであろう。

鉄斎は竜蔵に会い、彼の剣を見て思い知らされたのだ。

竜蔵には自分に投げかけられた鉄斎の言葉の意がわかる。

「いえ、このような磨きようしか、知り得なんだだけでござります。きっとわたしには斯様な剣の生き方が性に合うていたのでござりましょう」

「性に合うてござったか」

「はい。ただそれだけでござりまする」

「なるほど……」

鉄斎はにこりと笑った。色々な想いが心の内ですっきりとした、そんな表情が浮かんでいた。

その夕は、稽古に出た者達を呼んでの宴となった。

この日は山で大きな猪《いのしし》が獲《と》れ、これを大鍋《おおなべ》で焼き豆腐と山菜と共に煮て、剣士達は腹を充《み》たした。

源内はというと、勘平を供に一日中辺りの旧家を巡り、代々伝わる誌書を検め、興をそそられる事項を訊ね記録するという作業を進めていた。

源内もまた出先で宴のもてなしを受けているらしく、この場に姿は見せなかった。

自ずと代官・広瀬森右衛門の、鉄斎への問いかけが多くなった。

長く会っていなかった間の剣客としての暮らし振りなど、源内の前では訊ね辛いこともあるからだ。

鉄斎は、朝、起きてから寝るまでの心得などをいたって真面目《まじめ》に語り、剣士達は真剣に聞き入った。

起床と共に素振りの稽古に始まり、朝餉は玄米をひたすらよく噛《か》んで食し、それが済むと型稽古をこなし、昼餉は激しい立合稽古に備えてしっかりととるが、消化のよい物を選ぶ。そして激しい昼からの稽古を終えると、少しの酒に体をほぐし、書見を済ませて就寝する――。

こんな様子であるが、これを聞いた途端、竜蔵は、

「この峡竜蔵は出直して参らねばなりませぬな……」

と、嘆き声を発して、一同を笑わせた。

「いかぬいかぬ……」

鉄斎は、自分を戒《いまし》めた。一日の暮らしなど、百人いれば百人がそれぞれの立場によって異なるのであるから、人の真似など出来ぬものなのだ。

「どうも剣の修行の話になると熱うなってしまいまする」

「いやいや、わたしのようないい加減な者には、真によい戒めとなり申す。各々方、酒は体をほぐすために飲むのだ。酔っ払うてはなりませぬぞ」

一間の内は再び笑いに包まれた。

鉄斎の顔にも心地よい笑みが浮かんだ。

宴は鉄斎の静と、竜蔵の動で盛り上がったが、やがて広瀬森右衛門が表情を引き締めて、

「ちょうど腕に覚えのある一同が打ち揃うた折ゆえ申すが、近頃この下野《しもつけ》から南陸奥《みなみみちのく》にかけて、不届きな浪人者の一団がうろついているゆえ気をつけてもらいたい」

一同に申し渡した。

「不届きな浪人者、でござるか……」

竜蔵が問うた。

「はい。軍神を祭る社を新たに建立せんとして、勧進《かんじん》に回っている……。そのようなことを真しやかに言い立てて金を出させる。強請の輩《やから》でござる」

頭目は藤野保五郎《ふじのやすごろう》なる剣客で、日光街道、奥州街道筋で、腕の立つ浪人者を見かけると仲間に募《つの》り、初めは二人組であったのが、屈強の者が三人加わり、五人で動いているのだと森右衛門は言う。

「勧進の名目があると、ただの強請ではないという気になるようで、まだまだこの先人数が増えるかもしれませぬ」

「なるほど、軍神の勧進とは考えましたな。この峡竜蔵も仲間に誘われぬように気をつけねばなるまい」

竜蔵はおどけてみせた。

他所《よそ》はどうか知らぬが、この地はここにいる剣術自慢の郷士だけでも十人はいる。

しかも森右衛門の人柄と、武士の誇りによって統率も取れている。

一時の弱気で無法者の横暴に屈するとは考え難い。

「そのような輩が押し寄せたとて、我らの力で追い払うてみせましょう。それゆえ先生、くれぐれも仲間にならぬよう願いまする」

津久井梅三郎がこれに応えて、一座はまた賑《にぎ》やかになったが、鉄斎の顔に笑みはなかった。

怪しからぬことに武芸を使う者達への憎悪ゆえであろうか。

このような話における竜蔵の意気上がる笑いと、鉄斎の厳しい表情は、広間の剣士達の士気を大いに高めたが、竜蔵は長年の争闘の勘で、件《くだん》の浪人組と鉄斎に、何かしらの因縁があるのではないか――どうもそんな想いに捉われたのであった。

四

本多鉄斎が、武芸場で剣術指南を務めている一方。

息子の本多源内は、村の旧家や社寺を巡る毎日。

武士の心を失わず、武芸に励む郷士達もいるが、大半は土と共に生きる百姓達である。

飾ったものはないが、親と子が身を寄せあって和やかに暮らす姿を見かけると、ほのぼのとした心地になった。

村へ来てから三日目のこと。

源内は朝から一廻りすると、田舎道の見晴らしの好い路傍《ろぼう》に腰を下ろし、勘平と共に握り飯を頬張《ほおば》った。

「こうしていると、江戸での暮らしは窮屈だな……」

呟くように語りかけると、勘平は困ったような顔をして小さく頷いた。

広大な江戸屋敷とはいえ、五千坪ばかりの塀の内だけが、源内にとって日々の世界である。

国表での暮らしを思えば、籠《かご》の鳥のごとくで、さらにその中の書庫に籠《こも》っての暮らしは、降り注ぐ陽光さえ滅多に浴びることもない。

江戸での勤めを望んだ自分はよいが、一人付いて来た勘平はさぞかし不自由であったと思われる。

今さらそんなことに気付いたのかと、我ながら情けなくなるが、

「すまなかったな、勘平。これから先も頼みに思うぞ。いつかきっとお前にも好い想いをしてもらうからな」

こんな言葉がすらすらと出た。

勘平は驚いたような顔をして、しばらく源内を見ていたが、やがて涙ぐんで深々と

頭を下げた。無口な勘平は、こんな時は何と応えてよいかわからなくなるのだ。

剣が筆に変わっただけで、源内は頑な心根を何年も持ち続けていた。

それに風穴を空けてくれた峡竜蔵への感謝は尽きないが、そんな捻じ曲がった人間にしたのはいったい誰なのだ。

剣術修行をさせんがために、死にかけている母の様子を息子に伝えずに平然としていた父。その血筋が呪いとなって自分に襲いかかっているのだ。

そこに考えが及ぶと、やはり父・鉄斎を許せなかった。

――しばしこの景色を眺め、心の内を清めよう。

源内は、涙ぐむ勘平に頬笑みかけると、畦道《あぜみち》で子をあやす百姓女房の姿をぼんやりと眺めた。

〽ねェんねんねこよ　ねんねのおもりはどこいたァ……。

女房は子守唄《こもりうた》を、美しい声音で歌っていた。

源内の心の内に、やさしかった母・利津の面影が蘇《よみがえ》った。

まだ父から厳しい稽古を課されていなかった幼い頃は、なかなかにむずかる子供で、母の手を煩わせたという。

ほとんど覚えていないのだが、母親の肌の温《ぬく》もりと、穏やかな子守唄の旋律が時折思い出される。

〽ねェんねんねこよ　ねんねのおもりはどこいたァ……。

確かにこの唄であった。

あの時、母は自分をあやしながら、子供の未来に何を願ったのであろう。

自身が小太刀の遣い手であったから、当然のごとく源内には立派な剣客になってもらいたかったのに違いない。

だが、どこまでも息子の上達を誉《ほ》めず、ただ茨《いばら》に突き落す鉄斎の姿を見ながら、源内が真に剣客として大成するのか、その不安を抱えたまま死んでしまったのではなかろうか。

夫が若月家の剣術指南役となり羽州の御城下に入って、主君・左衛門尉に源内の腕前を認められたと知った時の利津の喜びようは大変なものであった。

――それからすぐに身罷《みまか》ってしまわれるとは、何たることか。

それが利津の寿命であった、運命であった、幸せな一生ではなかったのか。

そのように言う者もいたが、源内は今もそうは思えない。

「勘平、参ろうか……」

百姓の女房が歌う子守唄が、次第に源内の胸を苦しくしていた。

それからまた、源内は村を巡り歩いたが、それほど興をそそられる古文書にも出合えず、小さな社の神官の話もまるで要を得ず退屈であった。おまけに空も陰ってきたので、早めに代官所へ引き上げた。

まず手足を洗わんと井戸端に行くと、そこで鉄斎と出くわした。

武芸指南も、ちょうど今終ったようだ。

見渡すと峡竜蔵はその場にいなかった。

気まずくはあるが、何か話さねばなるまい。

「峡先生はお出かけでござりまするか……」

とりあえず竜蔵について訊ねてみた。それしか言葉は出なかったのだ。

「たまには方々散策をなされては如何《いかが》かとお勧めしたのじゃ」

鉄斎もぎこちなく言葉を返した。

「それでお出かけに……？　どこぞですれ違うたかもしれませせぬな……」

源内も応えたが、まるで話は弾まない。

先ほど見かけた百姓女房の子守唄が思い出されて、鉄斎と話すのはさらに気が乗らなかったのだ。

「そなたの方はつつがのうことが進んでおるのか」

源内に反して鉄斎はというと、この数日の間、峡竜蔵と武芸場で共に汗を流し、言葉を交わし、夕べには酒を酌み交わす暮らしを送ったゆえ、息子に対する気持ちが随分と和んでいた。

少しは息子と言葉を交わさねばならぬと思い、源内の勤めぶりを訊ねてみた。

「はい、ひと通りは……」

珍しいことだと源内は少し気味が悪かったが、峡竜蔵と共に剣術三昧《ざんまい》の日々に機嫌がよいのであろうと受け流した。

「学問に秀でた者は見つかったか」

鉄斎はさらに問うた。

「いえ、これといって見当りませぬ……」

「左様か……」

鉄斎にすれば、峡竜蔵との触れ合いによって、鬼のような厳しい態度で息子に接してきた自分に、いささか忸怩《じくじ》たる想いが出てきた。

それゆえ、竜蔵がいないこの場で少しでも声をかけておこうと思ったのだが、源内にしてみれば、そのような鉄斎の胸中など知る由もなく、

「日誌をつけねばなりませぬゆえ……」

手足と顔を井戸水で濯《すす》ぐと、そそくさとその場を立ち去ろうとした。息子と何か話さねばならぬと思う鉄斎ではあるが、話し口調まで俄に改めることなど出来なかった。一言一言がずしりと重く、源内には叱りつけられているとしか思えなかったのである。

「源内……」

鉄斎は尚も呼び止めた。

捨て置いてもよかったが、この旅で本多父子が少しでも歩み寄り、共に若月家のために励んでもらいたい。それが主君・左衛門尉の思し召しである。期待に応えねばなるまいと奮起したのだ。

だがその奮起は、鉄斎を父の顔にした。

「そなたが書庫で宿直をした時の話を峡殿から聞いたぞ」

この場で鉄斎が選んだ話題とはこれであった。

「左様でござりまするか」

源内は、また何の説教が始まるのかとうんざりしたが、その宿直の夜、峡竜蔵から現在御家《おいえ》から賜っている禄《ろく》は、元々が鉄斎に与えられたものを相続したものではないか、感謝をしろと叱責《しっせき》された。

左衛門尉に江戸屋敷書庫方への出仕を願った折、主君は自分に新たな禄を取らせようと仰せになったのを、鉄斎が隠居をすると申し出たのである。それゆえその叱責には少しばかり納得がいかぬところもあるが、源内にしてみても主君の思し召しはありがたく、この場は黙って聞かねばなるまいと心得て、

「あの折は咄嗟《とっさ》に刀を抜いておりました……」

「であったそうじゃな。峡殿は好い手並だと申されたが、そうは思えぬ」

「何が気に入らぬと？」

「抜き合わせたまではよかったが、そなたと峡殿の間に行燈《あんどん》があり、峡殿はその明かりに顔を照らし、曲者《くせもの》ではないと種明かしをされたそうな」

「いかにも」

「何ゆえ抜き合わせた後に行燈の灯を消そうとはせなんだのじゃ。敵は凄腕、行燈の明かりにそなたの姿を認めて斬りかかった。勢いは相手にある。まず灯を消し、勝手知ったる書庫の中で戦わんとするのが武士の心得であろうが」

「左様でござりましたな」

源内は力なく頷いた。何の話かと思えば、かつて聞き飽きた剣術談議であったのか。それがどうにも情けなかった。

「相手が一人とも限らぬのじゃ」

鉄斎は、源内が己の不覚を恥じたと捉えて、

「そなたが学問を極めんとするのはそれでよい。だが、相手がもし真の賊であれば命を落していたであろう。そなたが死ぬのは仕方がない。だがそれで書庫の物が盗まれでもすればどうなる。役儀をまっとうしたとは言えまい。学問さえいたせば、剣など取らずともよいと思うたか。それとも、それしきの腕を誇り、もう稽古などいたさずともよいと思うたか……」

次々と叱責が口をついて出てきたのである。

源内はもう堪えられなかった。

とどのつまり、この父親の頭の中には剣しかないのである。不覚を取って死ぬのは仕方がないが、盗まれた御家の宝が惜しい。そういう物の考え方が万事頭の中を支配しているのである。

「いっそ、真の賊ならよろしゅうございましたな」

源内はそっ気なく言い返した。

「不肖《ふしょう》の倅はそこで斬り死にをとげていた方が、いっそせいせいといたしましたのに、残念でございましたな！」

源内の声は震えていた。

「何だと……」

鉄斎は、しまったと思った。このような殺伐とした話をするつもりはなかったのである。しかし、父子の情が戻っても鉄斎にはやはり剣の話しか出来なかったのだ。

それでも倅のためを思えばこその叱責であり、源内の口答えは聞き捨てならなかった。

「死ねばせいせいするとは何ごとじゃ！」

「ほう、ならば悲しがるとでも仰せでござるか。母上が亡くなった折も、平然としておられた父上が……」

「黙れ！　黙らぬか！」

その声に引き寄せられて、峡竜蔵が井戸端に現れた。

「いかがなされました」

父子はその姿にほっとした。互いにこの不毛なやり取りから逃れられると思ったのだ。

「いえ、久方ぶりに、父の叱責を受けておりました。御免……」

源内はこの機を逃さず、さっさと立ち去った。竜蔵はにこりと笑って、

「久方ぶりに叱ってやりましたか」

爽快《そうかい》な顔を鉄斎に向けた。

「いや、お恥ずかしい。ありがたい殿の御内意を、まったく活《い》かすことができ申さぬ」

鉄斎は苦笑いを浮かべたが、竜蔵の言葉に少し気が落ち着いた。

「なんの、父と息子というのはそのようなものでござる。わたしの父は、剣は強うござったが、酒に喧嘩《けんか》に女に旅……、どうしようもない男で〝くそ親父〟と憎んだこともござった。しかし今ではありがたいお人であったと思うております」

「それならばようござるが……」

鉄斎は小さく笑った。

竜蔵はただの父子喧嘩と笑いとばしてくれたが、妻・利津の話を持ち出されたのは、鉄斎にとって辛かった。

やはり源内は未《いま》だに、死に目に会えなかったことを恨み、自分を許していなかった――。

それが身に応えた。

「何か話さねばならぬと思えば叱責になる……。死ぬまで治りませぬな。ちと頭を冷やして参りまする……」

鉄斎は小腰を折ると、代官所の表に出た。

入れ替りに、遣いに出ていた勘平が戻ってきて、何事かあったのかと不安そうな顔を浮かべていた。

「ふふふ、ちょっとした父子喧嘩があったようだ。おぬし、そっと先生の御様子を見てきてくれぬかな」

竜蔵は勘平の肩をぽんと叩いた。

鉄斎は門を出たところを流れる、小川の辺《ほとり》に佇《たたず》んでいた。

この小川は、かつて暮らした会津城下の外れにある小川の風景に似ている。

妻・利津は、鉄斎の父が開いた本多道場の師範代を務めていた、浅川礼蔵《あさかわれいぞう》の妹であった。

礼蔵は鉄斎にとっては無二の友であり、利津は妹のような存在で、彼女は鉄斎に得意としていた小太刀の稽古を願ったものだ。

だが、取り立てて利津だけに教えるのも恥ずかしいので、時折町外れの小川の辺に連れていき、稽古をつけてやった。

そのような頃もあったものを――。

所詮《しょせん》は剣を突きつめていくと、そこには無常ばかりが広がるものか。

鉄斎は利津を慈《いつく》しんでいた。だがそれが息子には伝わらぬ。夫婦のことは夫婦の間だけでわかっていればよい。鉄斎はそう思って生きてきたのだ。

「もし、本多先生でございますか……」

懸命に頭を冷やさんとする鉄斎を、一人の男が呼んだ。

頭には頬被《ほおかぶ》り、粗末な野良着に股引《ももひき》をはいた姿は、近在の百姓と思われた。

「何用かな」

鉄斎が応えると、百姓は恭《うやうや》しく文を差し出した。

「これを託《ことづ》かりましてございます」

「文を、某に……」

受け取りはしたが、百姓の顔にはどうも見覚えがあった。

「はて、その方、どこぞで会うたような……」

「確かにお渡し申しました」

百姓はそれにには応えず、逃げるようにその場から立ち去った。

「これ、待たぬか……」

声をかけた時、鉄斎は百姓が古河の宿で、源内に散々な目に遭わされた、あの破落戸の一人であることに気付いた。

「この文は……」

鉄斎は妙な胸騒ぎに襲われ、百姓など取るに足らぬと捨て置き、その場で文を一読した。

その刹那《せつな》、鉄斎の表情は鬼神が降臨したかのように厳しく引き締まり、すぐに文を懐《ふところ》にしまうと、しばし思い入れをした。

その形相の凄《すさま》じさに、そっと様子を見に来た勘平は、傍へ寄ることも出来ず、ひたすらに門の陰で立ち竦んでいたのである。

五

翌日。

本多鉄斎は、代官所の武芸場で朝の稽古を終えると、この日も稽古に付き合った峡竜蔵に、

「昼からは某もちと、村をひと廻りしてみとうござる」

恐縮しながら告げた。

竜蔵が後の稽古は任せてくれればよいと応えると、

「まずひと通りの指南はいたしたゆえ、峡殿のお手を煩わせるまでもござらぬが、お心次第に願いまする」

鉄斎は竜蔵に一任すると、この度の視察の成果について、

「残念ながら、これといった剣士も見つかりませなんだが、いかがでござる」

と、竜蔵の存念を問うた。

「この峡竜蔵も先生と同じ想いにござる」

「それを聞いて安堵いたした。某も歳を取ってしまい申した。いつまでもこの地に出稽古に参るのも叶わぬであろう。その折は、倅・源内共々何卒《なにとぞ》よしなに」

やがて鉄斎は畏まってみせた。

「ははは、何を心細いことを申されます。そのような話は、お殿様が何よりもようお考えでござりましょう」

竜蔵が笑いとばすと、

「左様でござったな。近頃は気が急《せ》いていけませぬ」

鉄斎は恥じらいつつ代官所を出た。

すると竜蔵は、代官所手附の津久井梅三郎に手短かな指示を与え自《みずか》らもすぐに着替えた後、この日は朝から寝所に籠って書き物をしていた源内を促して、二人で鉄斎の

跡を追った。

　源内を外出させなかったのは竜蔵の指示によるものであった。

「くれぐれも気取られぬよう……」

編笠《あみがさ》を目深に被った野袴《のばかま》姿の竜蔵が、同じ恰好で共に歩く源内に注意を促した。

「いったい何が始まるというのです」

源内は訝《いぶか》しんだ。無理もない。昨夜、俄に寝所に訪ねてきたかと思うと、自分がいいと言うまでこの日の外出は控えるようにと告げられたのだ。

「何が始まるかはよくわからぬ。だがよからぬことが起こりそうなのは確かだ。おれの胸騒ぎはよく当る。黙ってついてこい……」

　竜蔵の言葉には凄みが漂い、有無を言わせなかった。

　信頼出来る男とわかっているだけに、源内にも緊張が走った。

　代官所を出て小川沿いに進むと、山へと続く間道に出た。

　そこには勘平が不安そうな表情で立っていた。

「何だ、どこにいるのかと思えば、こんなところにいたのか」

　源内は口を尖《とが》らせたが、

「おれが頼んだのだ。先生はこの先を行かれたのだな」

竜蔵は勘平に問いかけた。

「はい、この先を少し行きますと、薄野《すすきの》があります……」

勘平は不安気に応えた。

竜蔵に言われて鉄斎の様子を窺《うかが》い見た彼は、百姓風の男から何やら書状のような物を渡された鉄斎の様子にただならぬ気配を覚え、これをそっと報告した。

勘平とて本多家に長く奉公する身である。

このような書状を受け取るということは、決闘、果し合いの類《たぐい》ではないかと疑う神経は持ち合わせている。ましてや百姓風の男は、古河で見かけた破落戸であったようなーー。

勘平は、鉄斎の様子を源内には報《しら》せず、まず父子の間に立つ峡竜蔵に指示を仰ぎ今日を迎えたのであった。

「よし、おぬしは代官所で待っていてくれ」

竜蔵は、危ないところに勘平を置くのを控えて、そこからは未だ要領を得ぬ源内を連れて、密《ひそ》やかに間道を進んだ。

「おぬしが古河で痛めつけた騙《かた》り者の片割れが、親父殿に何やら文らしき物を渡して、逃げるように立ち去ったとか……」

竜蔵は、よほど昨夜伝えようかと思いながらも、これは本多鉄斎の事情であり、無《む》闇《やみ》に立ち入って騒ぎ立ててもいけないと思い止《とど》まった昨日の出来事を、道中ぽつりぽつりと源内に伝えた。

「あの騙り者が、わたしではなく父上に……」

「おれの見たところでは、奴らは藤野保五郎なる不届きな浪人者共と繋《つな》がっているのではないかな」

「なるほど、広瀬殿からお聞きしましたが、日光街道、奥州街道をうろついている連中同士、持ちつ持たれつというところでござりまするか」

「そうして、親父殿と何か因縁があるのでは……」

「それが先生の胸騒ぎであると？」

「左様、奴らはこの沢柿村に鉄斎先生が指南に来ると聞きつけ、やって参ったのでなかろうか」

「して、その因縁とは……」

「そいつを確かめに行くんだよ。おぬしにとってはどうでもいいことかもしれぬがな。おぬしの知らなかった親父殿が見られるかもしれぬ。まず、ついて参れ」

竜蔵は、薄野に向かって、ゆっくりと人目に触れぬよう進んだ。

風が出てきて、傍らの熊笹《くまざさ》の繁《しげ》みをうねらせる。流れゆく雲の早さが、竜蔵と源内を落ち着かなくさせた。

やがて、黙念と大股で歩く鉄斎の姿が見えてきた。

二人は反射的に繁みの中へと姿を隠しつつ、細心の注意を払いながら跡をつける。

気配を消す動作も、幼い頃に叩き込まれたのであろう、源内の身のこなしには無駄がない。

——少しは父親のありがたみを思い知れ。

喉元まで出た言葉を今は呑み込んで、竜蔵はさらに山間の脇道を進んだ。

すると、一旦上った小山を下ったところに薄野が広がり、そこに数人の武士と向かい合う鉄斎の姿が明らかとなった。

竜蔵は、少し青ざめた源内の顔に頷いてみせると、慎重に傍らの草むらに身を隠して前へと進み、傍へ寄った。

「ほう、やはり一人でやって来たか……」

数人の武士の頭目らしき一人が鉄斎に勝ち誇ったように言った。

「これは某とおぬしの因縁じゃ。四人も引き連れてくるとは、少し見ぬ間に腰が抜けたか、藤沢基次郎《ふじさわもとじろう》。いや、今は藤野保五郎なる騙り者……」

果して竜蔵の予想は当っていた。社勧進の名の下に方々で強請を働く藤野保五郎は、かつて藤沢基次郎なる名で鉄斎とは敵同士《かたきどうし》であったらしい。

藤野が引き連れる四人は、破落戸のずぶ公、目太六が泣きついた杉浦なる不良浪人達である。連中がお頭と呼んでいたのが、藤野であったのだ。

「ふッ、老いぼれがほざきよるわ。おれを騙り者と罵《ののし》るならいくらでも罵るがよい。おれにはおれのやり方があるのだ」

「おぬしのやり方だと？」

「目障りな奴には消えてもらうということだ」

風に乗って聞こえくる会話に、源内の顔色が変わった。

「藤沢基次郎……」

「聞き覚えがあるのか」

源内の呟きを聞き逃さず、竜蔵が囁《ささや》いた。

「亡き母の兄を騙《だま》し討《う》ちにした男です……」

「そうだったのか……」

源内の母・利津の兄・浅川礼蔵は、本多道場の師範代を務めた剣客であったが、鉄斎が若月家に仕官をする少し前に、旅先で命を落した。

宇都宮の剣術道場を訪ねた際、乱暴な道場破りを企てた浪人をやり込め、その後、果し合いを申し込まれ出向いたところ、数を恃《たの》んだ浪人の騙し討ちに遭った。その浪人こそが藤沢基次郎であったのだ。

浅川とは無二の友であった鉄斎は、姿をくらました藤沢の姿を求めたが、その後敵の姿は杳《よう》としてしれなかった。

竜蔵はこの経緯《いきさつ》を、旅の道中勘平から聞いて知っていたが、その名までは詳しく聞いていなかった。

藤沢基次郎は今、藤野保五郎と名を変え、強請を続けながら、自分の命を狙っているという本多鉄斎の動向を探っていたのだ。

「この本多鉄斎が、それほど目障りか」

鉄斎は、藤野に嘲《あざ》けりの声をかけた。

「知れたことよ。おぬしには八年前、宇都宮の外れで怪我をさせられたゆえにな」

「あの折は、おぬしの立廻り先を摑んだと申すに取り逃がすとは、不覚を取ったものだ」

「またあのような目に遭わされるのは堪《たま》らぬからのう。おぬしが沢柿村に来る折を窺っていたのだが、やっと捉えたぞ……」

「こっちも、これでおぬしを捜す手間が省けたというものだ。今度は逃がさぬぞ」

鉄斎は刀の下げ緒で、襷《たすき》十字に綾《あや》なした。そして袴の股立《ももだ》ちを高く取る。

「あの折はこっちも一人。だが今は違う」

藤野一派は元より鉄斎を斬らんと出立《いでた》ちは調えてあった。五人、一斉に抜刀して取り囲んだ。

源内に衝撃が走った。

あの日、沢柿村での仕事を済ませた後、父・鉄斎が宇都宮に向かったのは、沢柿村での滞在中に浅川礼蔵の敵が、その近くに潜伏しているとの報せを受けたからだったのだ。

友の、妻の兄の敵を討つ千載一遇の好機を、鉄斎は逃したくはなかったのであろう。利津の具合が悪いという報せを受けただけに、自分が出来る何よりの土産として、敵を討ちたかったのに違いない。

「しかし……、それならば何故この源内にそれを伝えなかったのだ……」

源内は消え入るような声で言った。

「ふん、お前にはどうしてそれがわからねえんだ……。お前は本多鉄斎の倅だろうが」

竜蔵がこれに対して、唸るように詰《なじ》った時、

「それ！ この老いぼれをずたずたに斬り刻んでやれ！」

薄野で、藤野の荒々しくも残忍《ざんにん》な声が響き渡ったかと思うと、まず杉浦某《なにがし》が鉄斎の背後から斬りかかった。

鉄斎は、まるで背中に目がついているかのごとき身のこなしで杉浦の刀に抜き合わせ振り返り様、相手の白刃を撥《は》ね上げた。

そして右からかかる一人に牽制《けんせい》の一刀をくれると薄野を駆けた。

思わず繁みからとび出そうとする源内を押し止め、

「ここでようく見ていろ！」

竜蔵は抜刀して薄野へ出た。

鉄斎はその時、やっとのことで大岩を背にして構え直したところであった。

六

「峡竜蔵、助太刀いたす！」

この大音声に、藤野一党は動揺した。

本多鉄斎が、助太刀を恃む武士ではないと見ての今日の決闘であった。

一対一を装い、助太刀四人を引き連れて撫《な》で斬りにするのが、浅川礼蔵を討った時の手口であった。

斬り合いが始まったというのに、未だ鉄斎に加勢する者がないゆえ、すっかり安堵していただけに面喰《めんくら》ったのである。

「峡殿……」

鉄斎は困り顔をした。父子のことだけに止まらず、決闘の場にまで付き合わせては恐縮の極みであった。

「何も悟らぬ峡竜蔵と思うてござったか！」

竜蔵はニヤリと笑って、鉄斎を左から狙わんとしていた杉浦に寄るや、

「ええいッ！」

恐るべき手首のしなりで杉浦の刀を払うと、そのまま杉浦の胴を真っ二つにした。

さらに返す刀で、肩口から竜蔵に斬りかからんとしていた一人を、見事に体をかわしてやり過ごすと、たちまちそ奴の腹に、父・虎蔵の形見である藤原長綱《ふじわらながつな》二尺三寸五分を突き入れていた。

その頃には、鉄斎は右の敵をすくい斬りに倒し、残る一人の助太刀を袈裟《けさ》に斬り捨てていた。

余りの凄じさに、藤野保五郎は逃げ出した。

「待たぬか！」

竜蔵が追うが、藤野の逃げ足はやたらと速い。

この度もまた取り逃したかと、鉄斎が歯嚙みすると、藤野の足が止まった。

彼の行手に、本多源内が立ち塞《ふさ》がっていたのだ。

「お、おのれ！」

思わぬ伏兵に、藤野は剣客の意地を見せんと源内に白刃を向けた。

「手出しをするな！」

叫んだのは鉄斎であった。

その時、鉄斎の手からは腰に帯びていた、鉄扇が放たれていた。

藤野とて剣客である。これを僅かにかわしたが、鉄斎はそれへさして老境に入った身を感じさせない素早さで駆け寄り、

「おのれ、浅川礼蔵の敵！」

凄じい勢いで渾身《こんしん》の一撃を叩き込んだ。

藤野は打ち返したが、何たることであろうか――。

彼の刀身はへし折られ、鉄斎の刀身は防御もままならぬ藤野の首筋を斬り裂いてい

た。

血しぶきをあげながら、藤野保五郎はその場に倒れ、ぴくりともせぬ。

後は風に揺れる薄の音だけが残った。

「お見事でござった」

竜蔵が静かに言った。

「いや、忝うござる。御貴殿がいてくれねば果して討ち果せたかどうか……」

鉄斎は嘆息《たんそく》しつつ竜蔵に立礼した。

「相手が数を恃《たの》んでくるとわかっておいでだったはず」

「いかにも。じゃと申して、これは某の因縁でござれば」

「討ち死にしても仕方なきことと……？」

「峡殿ならばおわかりくださろう」

「わかります。己が剣が因縁を呼び、その決着もまた己が剣でつけるしか道はない。

それが剣客でござる。さりながら……」

「時に人の因縁のために剣を揮いとうもなる……」

「はい、妻の兄であった剣友の敵を討たんとした本多先生のように」

二人の剣客はふっと笑い合った。

日はゆっくりと傾き、薄を揺らす風はまた強くなった。

竜蔵は、呆然《ほうぜん》と立ち尽す源内に歩み寄り、

「今こそ訊ねよ。八年前のことを……」

と、厳しい顔で促した。

「峡殿……」

何も言うてくださるなと、鉄斎は竜蔵を見て首を横に振ったが、

「いや、応えてやってくだされ。源内、お父上にお訊ねすることがあろう！」

竜蔵は尚も厳しく促した。

「あの日の事情はわかりました……」

源内は意を決して鉄斎に歩み寄り口を開いた。

「さりながら、何ゆえ伯父の憎き敵を討ちにいかんと、この源内に申されなんだ」

「敵を討ちに行くと申せば、お前がついてくると思うたからじゃ。父子して敵を討たんとするは宮仕えの身にあるまじきこと。まかり間違えてお前にもしものことあらば、我が一族の御先祖に、そして利津に申し訳が立たぬ」

「それならば、わたしを先に国表へ返せばよろしゅうござりましょう」

「そうすれば、お前は一人旅となる。相手は卑怯《ひきょう》千万の藤沢基次郎。この鉄斎が不覚

を取れば、後腐れなきようにと、道中お前を狙うやもしれぬ」

「それゆえわたしを宇都宮の道場に？」

「剣術道場に身を寄せているのが何よりも安心じゃと思うたのじゃ」

「それにしたとて、藤沢を取り逃がしたのならば、わたしにその由お伝えくだされてもようござりましょう」

「討ち損じたことを語れば、お前の心も落ち着くまい」

「父上が討ち果された暁《あかつき》に、わたしに伝えようと？」

「いかにも。だが藤沢の行方は知れぬまま、お前は江戸定府の役方となった。打ち明ける折もなく時が過ぎた。それに、書庫方にお勤めするお前には、敵など無用ではないか」

「いやしかし、こ度はこの村に同道しております る。相手から果し状が届いた時、お伝えくだされたとてよかったはず」

「そこはそれ、この父が死んだとて、峡殿が巧みに捌いてくださると甘えてしもうたのじゃよ」

　鉄斎は恥ずかしそうに笑ってみせた。

「わかったか源内……」

竜蔵が力強い声で言った。

「この場を見て何と思うた。隠居の身となられたとて修練を欠かさず、相手が数を恃みに待ち受けていると知りつつ、それでも自分一人のことと何の弱音も吐かず死地へ赴《おもむ》く。おぬしのお父上は立派な剣客だ！　口先だけのやさしさで生きる男とわけが違う。よく見ろ！　これがお前のお父上だ！　鬼のように厳しかったかもしれぬ。だがそれも我が子かわいさゆえのことと何故気付かぬ。おれはそれが何とも腹が立つ。父のことをわかろうとせなんだこの竜蔵自身にも腹が立つ……」

竜蔵は源内を叱るうちに感情が昂《たか》ぶり、言葉に詰った。

思えば自分自身も源内と同じで、父・虎蔵を理解しようとしなかったではないか。歳を取るに従い、子を持つ身となって思い出す父は日を追う毎《ごと》に懐かしく、ありがたいものとなる。

若月家の剣術指南となれたのも、父・虎蔵のお蔭《かげ》であったのだ――。

他人の父子の間に立って激する峡竜蔵の姿を、鉄斎は惚れ惚れとして見ていた。

――何と強うておもしろい男であろう。

鉄斎は次の言葉を探す竜蔵に歩み寄り、

「某もほんに峡殿のようになりとうござった」

と感じ入ると、

「人の親としては、真にお恥ずかしゅうござる……」

深々と頭を下げて、はにかんだ。

「父上……！」

言葉にならぬのは源内も同じであった。

彼は込み上がる感情をどうしてよいかわからずに、その場でただ跪《ひざまず》いた。改めて子供の頃、母に言い聞かされた言葉を思い出したのである。

「父上はそなたに強くなってもらいたいと思うからこそ、きつい仕打ちをなさるのです。何があっても父上を信じて大人になるのですよ。いつかきっとありがたみを知りましょうゆえ……」

母の言葉に間違いはなかった。

竜蔵が言ったように、利津は人に対し言葉足らずで厳しい鉄斎を、神仏を敬うように慕っていたのであろう。

「もうよい、立て源内……」

鉄斎は穏やかに我が子に言った。

「お前が何を言いたいかは、大よそ察しがつく。ひとつお前に言いたいことは、お前がわたしと同じ道を歩まなんだのは寂しいが、もう一方で何やらほっとしている、ということじゃ。源内、しっかりと励めよ。そうして、剣術を忘れるな」

「ははッ……！」

源内は平伏した。

鉄斎は、もう少し気の利いた言葉を息子に聞かせたくなったのか、

「某も、これで倅が幼い頃は、子守唄のひとつ歌ってやったこともあるのでござるが……」

と、竜蔵に言った。

「先生が子守唄を……。源内、おぬしはそれを覚えておらぬのか」

竜蔵は源内を元気づけるように言った。

「父上が子守唄を、わたしに……？」

源内は顔を上げて、怪訝《けげん》な表情を浮かべた。

母が歌う子守唄は覚えていたが、父が自分に歌っていたとは――。

「いかにも、利津は唄が下手でな。むずかるお前をあやす横で、〽ねェんねんねこよ……」

鉄斎は、はにかみつつ渋い声で子守唄を口ずさんだ。

「こんな具合にいつも父が歌っていたのじゃよ。ふふふ、お前には信じられぬであろうがな」

源内は呆然とした。あの子守唄は、自分を抱く母の横で父・鉄斎が歌っていたのだ。

「いや、覚えておりまする……。〽ねェんねんねこよ　ねんねのおもりはどこいたァ……」

源内もまた口ずさんだ。

「おお、それよそれよ」

鉄斎は、実に嬉しそうな表情を浮かべた。

「覚えておりますとも……」

源内は、懸命に幼い頃の記憶を辿《たど》った。

確かに今、そう言われてみると、

〽ねェんねんねこよ　ねんねのおもりはどこいたァ……。

あの歌声は、父のものであったような——。

父に抱いた憎しみが、思いもかけず、あらゆる記憶を塗り変えていたのである。

父と子は、ほのぼのと笑い合った。

竜蔵はもう何も声をかけなかった。

いつしか父子の間に出来た深い溝は、放っておいても埋まっていくであろう。

――おれの役目も終った。

満足を覚えつつ、竜蔵は江戸にいる我が子・鹿之助の顔が無性に見たくなった。

暮れなずむ薄野が風に揺れる様子が、妙に竜蔵の郷愁《きようしゆう》をかき立てるのであった。


翌朝――。

峡竜蔵は一人江戸に旅発《たびだ》った。

憎めぬ本多父子とはいえ、もう間に入るまでもないだろう。

若月左衛門尉は、既に国表に到着しているはず。

まずここでの務めが済めば、鉄斎、源内共に、一旦国表に入り次第を報告するようにとの達しが代官所にあったという。

さすがに江戸表にいる雪の方に諫められたのか、峡竜蔵については、その働きを労い江戸へ戻すようにとのことであったが、左衛門尉の言葉の中に何度も竜蔵の名が出ていたという。そこに左衛門尉の名残惜しさが表れているような気がする。

――もしやお殿様は、鉄斎先生の敵討ちについて何もかも御存知であったのでは。

一人の帰り道。竜蔵は旅の空の下で、ふとそんな想いを巡らせていた。

飛地の周りをうろつく不良浪人の一団の噂《うわさ》を耳にして、そこへ本多父子を送れば何かが起こるのではないか。そうなれば峡竜蔵の同行は真に心強い――。

これこそが荒療治。あのお殿様ならば、考えられぬことではない。

――何がさてめでたい。

この先は本多父子の旅が続く。男同士の会話はぎこちなく、供の勘平をやきもきとさせるであろうが、最早大事なかろう。

「遊山がてらで野州へ……」

今こそ左衛門尉の言葉を果させてもらう時がきたのである。

一人の旅は尚楽しい。四十歳の分別を、妻子、門人の前で飾らずともよいのだ。

幸いにして、まだうだるような暑さは訪れていない。竜蔵は少し浮かれた足取りで、入道雲に見守られ、街道をゆったりと南へ下った。

時代小説文庫
お 13-16

不惑《ふわく》 新《しん》・剣客太平記《けんかくたいへいき》㊄

著者 岡本《おかもと》さとる
2016年9月18日第一刷発行

発行者 角川春樹

発行所 株式会社 角川春樹事務所
〒102-0074 東京都千代田区九段南2-1-30 イタリア文化会館

電話 03(3263)5247[編集] 03(3263)5881[営業]

印刷・製本 中央精版印刷株式会社

フォーマット・デザイン＆シンボルマーク 芦澤泰偉

本書の無断複製(コピー、スキャン、デジタル化等)並びに無断複製物の譲渡及び配信は、著作権法上での例外を除き禁じられています。

また、本書を代行業者等の第三者に依頼して複製する行為は、たとえ個人や家庭内の利用であっても一切認められておりません。

定価はカバーに表示してあります。落丁・乱丁はお取り替えいたします。


ISBN978-4-7584-4031-8 C0193 ©2016 Satoru Okamoto Printed in Japan

http://www.kadokawaharuki.co.jp/[営業]
fanmail@kadokawaharuki.co.jp[編集] ご意見・ご感想をお寄せください。